AF397394

Herstellung: Books on Demand GmbH

ISBN 3-8330-0122-4

Paul T. Bayer

Handmorde

So gestützt sitzt sie da, mit dem Foto, welches Welt heißt und sucht den Punkt, der sie spiegelt, der sie hält und nicht mehr treiben lässt. Denkt: vielleicht kann ich ihn nicht finden, hier in Deutschland, wo es doch so viele müde Menschen gibt. Niemand, den ich fragen kann; niemand, der nicht schlafen möchte.

Der Rückblick

„He, John.“

Angelo stand aufgeregt im Zelt und suchte seinen Dompteur. Nur er konnte wissen, was los war.

„Jetzt nicht!“, war die Antwort des Dompteurs. „Ich glaube, Lisa ist krank.“

Lisa war seine Löwin, für John die wichtigste Darstellerin der Manege.

"He, John, was ist los?"

Angelo stand direkt hinter ihm. John würdigte seinen Geldgeber mit keinem Blick. In seinen Augen war er ein Versager. Ruhig nahm er das Messer und spaltete für Lisa ein prächtiges Stück Fleisch ab.

„Wenn sie das Fleisch frisst, ist sie nicht krank.“

Er stieg in den Raubtierkäfig und schloss vor Angelos Nase die Käfigtür. Das war sein Revier.

Johns Ruhe brachte Angelo noch mehr auf. Der Zirkus rebellierte schon seit Tagen gegen ihn. Sabine, diese Hexe, hätte er lieber lassen sollen, so dachte hier jeder, selbst Angelo und Sabine hofften, er würde den Zirkus nicht weiter ruinieren und sie in Ruhe lassen.

„He, John. Wir können uns nicht noch einmal so eine beschissene Vorstellung leisten."

„Ha, sie ist nicht krank, es war nur die Umstellung. Ja, meine Gute, Zelt auf, Zelt ab, das hält niemand aus."

Er streichelte seine Löwin und sagte zu Angelo:

„Wenn Du etwas ändern willst, dann sage ich Dir was: Lass Sabine in Ruhe!"

„Sie hat unseren Vertrag gebrochen, uns in den Arsch getreten, nur wegen meiner Liebe zu ihr. Aber wie kann ich mich ihr erklären? Ich will, dass sie zurück kommt." „Ochse."

John stieg langsam aus dem Käfig und schickte sich an, noch ein Stück für Lisa abzuschneiden. „Es geht um meine Ehre, ich will wissen, was los ist!"

„Angelo, zuerst das Fressen, Du schuldest uns allen einen Batzen Geld. Also, lass uns den Ort hier ausschöpfen und nicht abreisen, bevor überhaupt die Werbung greifen kann."

„Guten Tag, die Herren!"

Sean Paul kam zu dem beiden, die das Gespräch sofort abbrachen, denn Sean war ein Freund des Hauses und hatte keinerlei Ahnung vom Innenleben des Zirkus' zu haben. „Hallo Sean. Was machst Du denn in Berlin?"

„Was für eine Begrüßung. Aber um ehrlich zu sein, wollte ich Dich das auch fragen."

Doch bevor die beiden auf den Punkt kamen, stieß ein Vierter, der Kassierer, zu

ihnen. Wütend berichtete er von einem unangenehmen Besuch, den er eben bekommen hatte. Sie würden kein Futter für die Tiere bekommen und das Zelt würde von Profis verbrannt werden, wenn eine halbe Million Euro Schulden nicht innerhalb von drei Tagen getilgt werden würde. „Die machen ernst, Semael! Und Du bist schuld."

„Ach was. Das getrauen die sich nicht und überhaupt: Schuld. Ich kann doch nicht dafür, wenn uns die Leute nicht mehr wollen. Heute zum Beispiel..."

„Du hattest einen Fehler gemacht. Sabine zu feuern und nun ihr hinterher zu hetzen, bringt uns um", unterbrach John ihn.

„Soll ich Dir helfen, Angelo?" Sean fragte dies.

Angelo schrie Sean an:

„Was! Erst erpresst Du mich, dann vögelst Du mit meiner Freundin und jetzt bietest Du mir Dein Schmutzgeld an. Was willst Du noch von mir? Ich will nicht mehr Dein Geldwäscher sein! Hau ab!"

„Beruhige Dich doch. Er kann uns nützlich sein", sagte John und legte von hinten seine Hände auf Angelos Schulter. Dieser stieß ihn zurück.

Er fiel, erhob sich und schlug auf Angelo mit der Faust. Beide schlugen sich. Der Kassierer blickte Sean entrüstet an. Angelo schmetterte seine Faust auf den im Schlamm liegenden Dompteur. Er schlug und schlug, bis der schmächtige Kassierer
Angelo von hinten zu packen versuchte, aber von ihm mit auf den Boden gezerrt wurde.

Eine Reizgaswolke breitete sich über den beiden aus. Sean hatte so etwas immer bei sich. Hüstelnd gingen die Schläger auseinander. Plötzlich hatte Angelo das Fleischmesser in der Hand. Er stand mit blutroten Augen vor ihnen. Sean sprühte wieder ein paar Hübe, um die Szenerie zu schlichten. Angelo krümmte sich auch, aber raste dann mit Geschrei und erhobenen Messer auf die beiden zu. Sean hielt Angelos Schlag ab. Er zerrte Angelo das Messer aus der Hand. Eine Millisekunde später kam der Kassierer von hinten, um Angelo zu halten, doch wurde er vom Messer am Nasenbein getroffen. Sean schwankte erschrocken und ließ sich in den Schlamm fallen. Auch John lag mit geschlossenen Augen da. Die Reizgaswolke über ihnen.
Sean löste seine Hand vom Messergriff und schlug Angelo mit einem Schlag in die Ohnmacht.

Zwei Monate später

Sein Gepäck zur Abreise geordnet, lief Herr Semael noch einmal durch den Garten.

Keinesfalls mochte er hier irgend etwas zurück lassen.

Taschen und Koffer standen neben der Haustür, damit der Fahrer sie gleich in sein Auto tragen konnte. Alles hatte Angelo David Semael durchdacht.

Er stand in der Mitte des prächtigen Gartens. Sein weißes Hemd spiegelte grell den Schein der Sonne wieder. Eine leichte Transpiration erreichte, dass sich schimmernde Sonnenstrahlen auf der italienisch geformten Nase ausruhten.

Die Orangen und Zitronenbäume werde ich wohl am meisten missen, sann er und drehte sich zu den Orten, die seine Sinne am meisten liebten. Plötzlich war er sich nicht mehr sicher, was er hier in Palma de Mallorca, am stärksten missen würde.

Vorbei mit der Ruhe. Ich muss gehen! Abschied fällt immer schwer, versuchte Herr Semael sich zu beruhigen und bemühte sich dabei, ein paar leise Tränen versteckt zu halten. Abschied, das Wort, das seinen Kopf benetzte. Der Abschied wird seinen Höhepunkt erlangen, wenn Angelo Semael sich und alles andere, was es gab, aufgeräumt hatte.

Wahrscheinlich würde er sich in Berlin mit schweren, aber sanften Augen an diese kurze Zeit auf Mallorca erinnern, die ihm so wichtig war, um eine Distanz zu erzwingen zwischen ihr und ihm. Ihm und ihr. Er und sie. Er in Palma und sie irgendwo in Deutschland, mit seinem Freund.

Herr Semael hatte seinen Kassierer ermordet. Klar, war das eine hitzige undurchsichtige Tat, die er hier begreifen wollte, aber nicht fassen konnte, da er sein Erinnerungsvermögen getrübt vorfand. Schließlich, beruhigte er sich immer wieder, war es durch blinde Wut und nicht mit Absicht geschehen, also ein Unfall, wie er im Buche steht. Wieso kann sich Angelo Semael nicht mehr an eine einzige Szene erinnern? Alles weg. Kein noch so winziger Hinweis führte seine Erinnerung hin zum Messerstoß.

Sicher war für ihn: hat er diesen Mord an seinem Kassierer begangen, so liegt die Schuld auch bei allen anderen, die ihn dazu getrieben hatten. Die Frage nach der Schuld würde natürlich einiges finden lassen. Und obwohl Herr Semael niemals in seinem Leben das Wort Schuld ernsthaft in Betracht zog oder überhaupt ernst nahm, versprach er Sean, tief in sich zu kehren, um die Tatsache des Mordes anzuerkennen.

Was blieb ihm denn anderes offen? Sein engster Freund Sean stand vor ihm und erzählte: Du hast soeben gemordet, Angelo. Hier sind die Schlüssel von meiner bescheidenen Villa auf Palma de Mallorca. Wenn Du nicht verschwindest, regle ich die Sache auf meine Weise! In jener Situation war Angelo erfreut und dankbar,

14

nahm den Schlüssel und verschwand, denn sein Gesundheitszustand hätte keiner weiteren Belastung standgehalten. Sean war gefährlich; ihn als Feind zu haben könnte sogar mit dem Tod enden.

Und Hauptsache war, Sabine würde nichts von dem Unfall erfahren. Sie würde sonst endgültig für ihn verloren sein.

Die Orange, die er sich, nicht ganz aufmerksam, pflückte und deren süßer Saft nun über die geäderte Hand und auf das weiße Hemd tropfte, war vom ihm so abgerissen worden, dass noch Schale am Baumstängel hing. Scheiße, schimpfte Angelo Semael und leckte sich die Hand. Doch war dieses Missgeschick kein Grund, die Inselhitze mit quellenden Emotionen zu verstärken, denn die Früchte waren prallreif und passiert war ihm das schon oft, wenn er nicht achtsam genug gepflückt hatte. Also verfiel er wieder in seine hier gewohnte Ruhe zurück, um sich nochmals auf Sabine zu konzentrieren, die sich nichts ahnend in Deutschland - oder sonst wo - belustigte. Ja, belustigte war das richtige Wort, wütete Angelo, denn während ich hier erkenne, nun nichts mehr zu haben, lebt sie doch gut geschützt durch Sean. Mit ihr ist Hoffnung.

Sie wird einen neuen Zirkus finden. Ich bin erledigt. Nein, ich werde mich rächen.

Sie hat mir mein Leben, mein Zirkus, meine Ideale genommen. Langsam werde ich alt, habe schon erstes graues Haar, und nichts zu bieten außer Bitterkeit und Verlust. Der Zirkus ist weg und damit alles weg. Frauen? Mit was sollte ich Frauen noch faszinieren?

Ja, zu DDR - Zeiten flogen mir alle ins Bett.

Bei einem jungen, finanziell gut gestellten Weltmenschen kannte keine Frau das Wort: NEIN. Ich war eine blühende Oase, in der strengen Öde. Doch jetzt falte ich mich langsam zusammen und kann nur Geschichten erzählen, die heutzutage ein Jeder erleben kann. Und die anderen witzigen Geschichten, die ich in der DDR erlebt habe, interessieren niemanden. Ich war ein Held...

Scheiße, so ist das nun einmal - wer liebt, wird auf schmerzlichste Art und Weise verstoßen, setzte er abschließend hinzu und schritt zur letzten wichtigen Handlung, und zwar, diesen Brief an Sabine zu schreiben.

Er holte sich einen Klappstuhl auf die kleine Terrasse. Stellte sich die Sangria, mitsamt Orangen und Zitronen auf den Tisch; es würde die letzte Sangria sein, die er trinken würde, suchte sich das Schreibzeug zusammen und schrieb.

Liebe Sabine,

wenn ich an Dich denke, denke ich an die unüberwindbare Sprachlosigkeit zwischen uns. Natürlich klingt das wirr, da dies wahrscheinlich nur von mir so empfunden wird.

Mit Dir war so viel Leben, dass DU und ICH nicht immer klar trennbar waren und der Raum, den Du in mir einnahmst, war so viel ALLES... - Ich lief ohnmächtig durch die Tage, seit Du gegangen bist. Ich musste Dich suchen.

Dass diese Suche zur Hetze ausgeartet ist, tut mir heute aufrichtig leid.

Ich habe Dich mit meinem kleinen Zirkus überall gesucht, nur mit einem Ziel vor Augen, die Leere in mir zu stillen.

Du tatest recht: ich blieb immer ein verspieltes Kind, welchem Verantwortung fremd war. Die einzige Ausnahme bildete der Zirkus.

Gut, Du hast endlich einen Mann in Sean Paul gefunden. Einen Mann vor dem ich Dich warnen möchte. Bitte misstraue ihm! Er ist ein Wolf im Schafspelz. Eigenartig, wie die Liebe sortiert. Ich verstehe, dass Frauen auf so einen Typ fliegen.

Bitte, sieh auch Du meine Sichtweise: Es fand sich ein Freund, der mir dann die Frau ausspannte. Insofern wurde ich zweifach verraten, durch ihn und Dich. Möchtest Du verstehen?

Bitte tue es. Ich empfinde keine wilde Wut mehr.

Er hat mir sein Haus in Palma überlassen, während er in der Welt herumreist.

Ich hingegen bin hier, unter diesem Sonnenhimmel, zur Ruhe gekommen und trete jetzt meine letzte Reise, demütig, ohne Zirkus, an. Den Zirkus habe ich an eine Fremde verkaufen müssen.

Mein letzter Ausflug wird nach Berlin gehen, in das Krankenhaus im Friedrichshain, denn dorthin hat mich mein Arzt empfohlen, weil der Nierentumor kaum noch eine Chance auf Heilung zulässt und nur eine Schmerztherapie möglich scheint.

Natürlich wäre diese Therapie auch hier in Palma möglich, doch sterben möchte ich lieber da, wo ich geboren wurde, in Berlin.

Ich bitte Dich, mich nicht an meinem Sterbebett zu besuchen. Behalte mich als Jungen in Erinnerung und liebe Deinen Herrn Paul, so wie Du mich geliebt hast. Ich bin überzeugt, ich liebte nur mein Jungsein, und für dieses Wonnesein werde ich nun meinen Preis bezahlen, denn meine Schuld ist, das Wunder unserer Liebe nicht wahrgenommen zu haben, aus Angst, Deine Liebe nicht ertragen zu können. Ich musste sie beseitigen - ich Schaf. Siehst Du- mir fallen jetzt Vorgänge ein, wo ich Deinen Mut zu Ungewöhnlichem nicht unterstützte, sondern kleinmütig dämpfte und dabei unsere Fruchtbarkeit verdarb und Dich zur blanken Anpassung zwang. Dafür kann ich mich nur schämen. Auch wenn Entschuldigungen nichts mehr nützen... ich bitte Dich um Verzeihung.

Dein David Angelo Semael

Palma de Mallorca im Frühling 1996

Mit dieser Gedankenfülle schloss er den Brief, legte ihn zur Seite; lehnte sich zurück in den Terrassenstuhl und sah hinunter auf das Meer. Er war im Inneren stark aufgebraust. Das Schreiben des Briefes weckte alles, was hier zur Ruhe kommen sollte.

Die Hand, welche noch vor Sekunden schrieb, zitterte leicht, obschon es Angelo nicht bemerkte, sondern sein Blick sich dem Meer zu öffnen versuchte. Das Wasser, welches in den blausten Farben stach, war nach einer kleinen Vormittagsfrische wieder ruhig. Die Mittagssonne hatte das Meer fest in ihrer Gewalt. Seitlich von ihm stand ein großer Felsen, um den sich einige Serpentinen

18

wanden und auf denen Angelos Augen sich verirrte, nachdem sein Blick von unten bis oben entlang der Straßen schweifte.

Der Felsen gehörte zu den Lieblingsplätzen des ehemaligen Zirkusdirektors, da die wunderbarsten Gewächse auf ihm Platz fanden.

Angelo betrachtete mit größter Aufmerksamkeit sein Umfeld und nahm eine Boeing über sich wahr, die gleich in der Nähe Palmas landen würde.

Werde in dieser Nacht auch fliegen, dachte er sich. Na, wird wohl auch der Flug verschoben werden. Das Essen im Flieger wird zu wenig oder zu schlecht und Berlin wird jetzt im März noch kalt und unfreundlich sein. Und in das Krankenhaus werde ich noch mit einem Schnupfen eingewiesen. Ach, will alles überstehen, lange geht es ja ohnehin nicht mehr.

So, nun war er wieder gesetzter und konnte den Brief noch einmal durchlesen, um Korrekturen einzufügen. Doch schwerlich konzentrierten sich die Augen auf die ersten Sätze, so dass er endgültig gar den ganzen Brief rasch überlas, von seinen Gefühlen angetrieben, doch kein Wort genau prüfte.

Da sieh, du Dummkopf, sprach er zu sich selbst, jetzt bittest Du die Frau um Verzeihung und nicht sie dich. Doch vielleicht ist dieser Weg gar nicht der schlechteste, denn wer fühlt sich nicht geschmeichelt, wenn man ihn bittet.

Sie wird ihn nie vergessen können, da sein baldiger Tod ihr keine Gelegenheit geben würde, um alle Dinge ins klare Licht zu stellen. Angelo freute sich, zufrieden mit der Welt und suchte mit Blicken den Ozean ab, ob irgend etwas auf den Ameisenstaat Berlin hinwies. Doch das Wasser schwieg mit freundlichsten Wellen.

...Ich will nur meine Ruhe haben; mit niemandem reden; keinen ansprechen. Sollen die Schwestern nur ihre Arbeit machen und keine Freundlichkeiten verschenken.

Mit Seans Schweigen wird der Mord für alle Zeiten ungeklärt bleiben. Sollte er nicht schweigen, so wäre es mir als Sterbenden ein Leichtes mich zurückzuziehen... Jeder würde dann von mir sagen: Seine Schuld brachte ihn ins Grab. Jeder würde Mitleid haben, und jeder würde mir verzeihen. Ach, wie banal das doch ist!

Sein Gesicht verdunkelte sich. Herr Semael blickte über sich. Eine Wolke zeigte sich über Palma de Mallorca, durch die ein weiteres Flugzeug stach.

Mit einem Schnupfen in Berlin angekommen, betrat Herr Semael die Urologische Station, in der sein Nierentumor behandelt werden sollte. Behandelt klang hoffnungsvoll, doch Angelo wusste nun, die Tochtergeschwülste waren im Körper verteilt und eine Chemotherapie die zur Auswahl stand, zog er keinesfalls in Betracht. Es wäre nicht auszudenken gewesen, was mit Angelo passiert wäre, hätte er einer Heilung zugestimmt. Nein, keine Erinnerung an den Mord und keine Qualen mehr. Angelo wollte friedlich gehen. Und zur Erklärung gab der 45- jährige an, seine Lebensqualität würde durch so eine giftige Behandlung beeinträchtigt werden.

„Guten Tag, mein Name ist Semael. Ich bin angemeldet", sagte Herr Semael freundlich und bestimmt in das Stationsschwesternzimmer hinein. Die Stationsschwester der Urologie begrüßte ihn schnell und bat ihn, auf die Bank im Flur verweisend, sich noch einige Minuten zu gedulden. Gleich werde das bestellte Einzelzimmer fertig sein, „(Sie müssen wissen, die Schwesternschülerinnen aus dem ersten Lehrjahr sind noch nicht so schnell.) und der Stationsarzt wird gleich nach den Operationen zu Ihnen kommen... - übrigens hat schon ein Herr Paul telefonisch nach Ihnen gefragt."

„Paul? Ich will ihn nicht sehen und nicht sprechen. Niemanden will ich sehen!"

Sogleich quälte Angelo die Vorstellung, hier nun doch nicht die nötige Ruhe zum Sterben zu finden.

Bitte keine Konfrontation mit dem Mord!

Es war grausam, dieses Aufwallen der Vergangenheit.

Dieser Paul hat alles, was er will, was will er denn noch von mir?, dachte er sich und dachte sich auch, ob er nicht ein Zimmer verlangen sollte, welches er abschließen könnte.

Als er den Wunsch der Stationsschwester mitteilte, sah sie ihn prüfend an (man weiß ja nie, der erste klare und vornehme Eindruck kann ja täuschen). Selbstverständlich ist, erklärte sie mit einem Lächeln, dies hier ein Krankenhaus und kein Hotel, schließlich müssen wir in Notfällen schnellstens handeln und können nicht vor einer verschlossenen Tür stehen und auf den Hausmeister warten.

„Natürlich, verzeihen Sie", entschuldigte sich Angelo Semael und setzte sich wieder auf seine Bank, die direkt unter einem strahlenden Fenster stand. So ein Ärgernis, warum hatte er dieses Problem nicht selber gesehen?

Die Sonne kratzte vorsichtig auf seiner Haut. Sie schien ihn bei allem was er tat, zu verfolgen und zu ertappen.

Auch der Kastanienbaum ließ sich ein wenig vom Frühling provozieren und steckte sich Knospen an die Äste. Es ist doch erst Anfang April - sobald der Frost sich noch einmal zum Abschied verneigt, erfrieren die Knospen, züngelte Angelo Semael im Innersten und grollte über sich weiter, denn er wollte wie ein reifer sterbender Mann behandelt werden und überlegte, wie er mit den Schwestern sprechen müsste.

Ein paar Tage später

Der Urologe (33, ledig, BMW, Tennisclub), der die Psychologin A. Cars bestellte, stand vor Anja und musterte sie. Er sah sie schon bei der Weihnachtsfeier im vorigen Jahr. Doch sie kannten sich leider nur zu oberflächlich, gerade so viel, dass er immer noch ihren Namen wusste (was für Peter nicht selbstverständlich war, denn es war ja schon Mitte April) und in Erinnerung an den schönen Dezemberabend durfte er sie mit DU ansprechen. Sie sieht nicht schlecht aus, dachte er sich, und fragte sich, ob er wohl Erfolg bei ihr haben würde. Schade, so eine Schöne arbeitet im Krankenhaus, wo doch so viel geschwätzt wird. Ob ich sie auf einen Kaffee einladen sollte? Hegt sie wohl ähnliche Gedanken? Zuerst die Arbeit, dann das Vergnügen!

Mit festen Sohlen standen sie vor dem Patientenzimmer, in dem der Problempatient lag.

„Sei bitte vorsichtig, er kann verbal sehr aggressiv werden. Er ist ein sensibler Tumorpatient kurz vor dem Endstadium. Wir würden gerne eine Chemotherapie machen, doch er weigert sich und spricht stattdessen von irgendeiner Schuld, weswegen er sterben müsste. Irgendwo ist ein Haken, der ihm nicht erlaubt zu akzeptieren, dass die Chancen für eine Heilung durch die Chemotherapie gut stehen. Bitte rede Du mit ihm, weil er auf uns ohne Vertrauen reagiert", sprach der Arzt zärtlich in Anjas dunkle Haare, und berührte dabei mit seiner Nase ihr Ohr. Sie wich ein wenig zurück.

„Weiß er es?", fragte sie ernst, ohne seinen weiteren Anzüglichkeiten, die er famos mit seinem Augenspiel meisterte, Aufmerksamkeit zu schenken.

„Ja. Nebenbei bemerkt, Anja, du siehst heute sehr gut aus, schmeichelte er“, und wieder beantwortete sie dies ohne Freundlichkeit.

„Mein Ehemann sagt, ich sehe jeden Tag sehr gut aus.“

Während sie diese Worte sprach, versuchte sie nüchtern und direkt zu erscheinen, denn solcherlei Spielereien machten sie meistens wütend; griff zur Türklinke, und ging hinein.

Das Fenster zum Innenhof des Krankenhauses war geöffnet.

Ein leichter Luftzug bewegte das Zimmerfenster, die Gardine wölbte sich mächtig und die Sonnenhelle ließ den Patientenkopf als dunkle Skulptur erscheinen. Das Sonnenlicht spielte Hochzeit.

Schnell schloss Anja die Tür, das Fenster klapperte empört, die Gardine beruhigte sich wieder und der Patient, seit Tagen ans Bett gefesselt, richtete seinen Oberkörper auf.

„Herr Semael?“

Ein ruhiges JA erklang. Hartes Gesicht, Augen klar, Augenbrauen einen Fellstreifen bildend.

„Guten Tag, mein Name ist Cars. Ich bin Psychologin. Wie geht es Ihnen?“

„Ich sterbe ganz normal, wie Sie es erwarten.“

„Bitte. Ich erwarte so etwas nicht. Wir erwarten eine baldige Genesung. Der Stadionsarzt ist sich diesbezüglich sehr sicher...“

Sie setzte sich auf einen Stuhl neben dem Bett, auf den Sekunden vorher ein Schieber stand.

24

„Ich möchte mich ein wenig mit Ihnen unterhalten, Herr Semael."

„Wieso?"

Na, das kann ja was werden.

Anja schlug die Beine übereinander und lehnte sich gelassen zurück.

Nach kurzem Abwägen - sagte sie sich: eine halbe Stunde Zeit für ihn zu investieren ist möglich.

„Ich möchte sehen, ob ich Ihnen ein wenig helfen kann", erwiderte sie mit der Geduld einer Person, deren Kittel diese überlegene Ruhe legitimiert.

„Beim Sterben?"

Und die Augenbrauen zogen sich ein wenig nach oben.

„Bitte, Herr Semael, ich bin hier, weil ich Ihnen wirklich helfen will."

„Ich weiß, Sie können das. Helfen können Sie, indem Sie mir berichten, was Sie wirklich wollen", sagte er, während die Fellaugenbrauen langsam nach unten glitten und das Gesicht fest und sicher erscheinen ließen.

„Selbstverständlich, Herr Semael", versuchte die Ärztin das Gespräch nach vorne zu drücken, was auch gelang, denn sie hörte seine Argumente an, welche für ihn eine Chemotherapie nicht annehmbar machten. Zwar waren diese Argumente aus der Sicht der Psychologin keineswegs hoffnungslos beständig, doch sie nahm sich Zeit. Schließlich sollte der Patient selbständig seine Probleme erkennen.

„Dass ich wegen der Chemotherapie mit Ihnen reden sollte, ist die eine Wahrheit. Die andere ist, dass mich die Urologen beauftragt haben, herauszufinden, ob eine leichte medikamentöse Beruhigung notwendig sein wird, da Sie wohl gegenüber dem Pflegepersonal auffällig geworden sind.“

„He, so macht ihr das! Kaum wird einer ungemütlich, wird er festgenagelt. Ich bin kein Patient, der so funktioniert, wie Ihr das gerne hättet, was?!“

Er sah sie herausfordernd an.

„Ich bin in meinen Leben schon ganz anders auffällig geworden.“

„Aber nein“, schüttelte sie mit dem Kopf.

„Wir respektieren Sie... So ist es nicht. Es wäre schlimm, wenn wir so ein Standardsystem hätten. Ich weiß nicht, was die Urologen mit ,auffällig‘ meinen; ich will mir mein eigenes Urteil bilden. Sehen Sie, Ihre Probleme, die Sie mit den Schwestern hatten, können - z.B. – Ihrer Krankheit entspringen. Ich prüfe das“, erklärte sie, während ihre Hände für einige Augenblicke den Bettbereich Semaels kreuzten. Wie eine Katze, beobachtete er das Manöver, als würden sich ihre Hände verknoten.

„Nun gut. Prüfen Sie.“

Sie holte einen Schreibblock aus der Kitteltasche und machte sich auf alle Fragen hin, die sie ihm nun stellte, Zeichen aufs Papier. Wollte sie anfangs den simplen Fall in einer halben Stunde erledigt

26

haben, so hatte sie sich geirrt. Der Charme des Erzählers kreiste sie ein. Er war ein großartiger Erzähler. Wie lange schon ward ihr es nicht gegönnt Geschichten aus aller Welt zuhören? Ihr Mann Matthias, hatte er jemals diese Fähigkeit des Erzählens besessen? Ihr Vater? Bestimmt wusste er, ihr wunderbare Geschichten kurz vorm Einschlafen zu erzählen. Der Charme dieses Patienten wurde deutlich in seiner Art der Erzählung. Sie war Mystisch und Fesselnd. Anja wagte zu unterbrechen, teils aus wirklichem Interesse, teils aus Angst, ihn zu verstimmen. Verstimmen - das hieß: er würde ihr nicht mehr ohne Vorbehalt seine Begabung des Fesselns durch Erzählen schenken können. Durch die Güte seiner Worte spürte Anja eines: dieser Mann schenkte gerne; indes war klar, hier lag ein Mensch, der nicht brach liegen wollte. Er hatte noch genügend Energie, um zwanzig Häuser zu bauen.

Er erzählte lebhaft von seiner Welt, dem Zirkus. Ihm muss unbedingt sein Lebenswille bewusst werden, überlegte sie.

Er war ein Mann mit eigenartigen Gewohnheiten, die er dringend brauchte, um sich zu begrenzen und durchzusetzen. Er war nun hilflos an eine helfende Hierarchie gefesselt. So verstand Anja auch schnell seine Konflikte. Wir dürfen ihn nicht gar zu plump an seine Abhängigkeit erinnern, und er muss seinen Gewohnheiten wieder nachgehen dürfen, resultierte sie.

Sie stellte charmant Fragen und wie so oft, mit einem frischen Lachen, fand sie auch spielerisch Zugang zu dem Konflikt Patient

- Pflegepersonal. Das Problem lag bei einer Schwester, die scheinbar alle Semaelschen Vorurteile bestätigte. Obwohl die Psychologin hier gern weiter geforscht hätte, woher diese Wut der Vorurteile stammte (weil das Vorgefertigte auch einen Grund haben muss), verbat sie sich, weiterzudenken, denn ihre Aufgabe war gelöst, indem sie Herrn Semael andeutete, nach zu einfachen Mustern zu urteilen und bei ihm Verständnis suchte, für die Enge der Individualität.

Dieser verstand, schaute scheinheilig in die Augen Anjas; die wusste zauberhaft die Situation sofort umzuschwenken, in dem sie Fragen stellte, - weit hinein in das Zirkusleben Herrn Semaels.

Schöne Sachen aus seinem Metier erzählte er, plauderte von Pferden, Vögeln, Zauberei, Fröschen - nein, Frösche versuchte er nicht zu dressieren.

Manchmal sahen sie sich eine viertel Sekunde zu lang in die Augen, verlegen oder verwirrt mussten sie beide schnell und verlegen den Plauderfaden wiederfinden. Anja mochte die klaren und weitgereisten Augen Semaels.

„Herr Semael, ich glaube, Sie brauchen keine Medikamente, sondern vielmehr einen Dolmetscher, der zwischen Ihnen und den Schwestern vermittelt."

Sie reichte ihm ihre Hand. Er nahm sie gerne an und drückte sie fest an sich.

„Ach, bitte kommen Sie doch wieder und werden Sie meine Vermittlerin", bat er, noch die Hand Anjas an sich drückend.

„Na gut. Vergessen Sie bitte diese dumme Sache mit den Medikamenten und der Chemotherapie. Ich werde Sie unter meine persönliche Kontrolle nehmen, mit den Urologen reden, die Schwestern bitten, keine überflüssigen Fragen zu stellen und morgen wiederkommen. Sie zeigen mir dann doch ein paar kleine Tricks?"

Sie versuchte ihre Hand aus der seinigen zu ziehen, doch statt sich dieser deutlichen Geste unterzuordnen, führte er die Hand an seinen etwas ausgetrockneten Mund und küsste sie.

„Natürlich!", sagte er auf das Gespräch zurückgreifend und ließ ihre Hand los. Fest entschlossen, dieser Gebärde keine Achtung zu schenken, versteckte sie schnell die Hand hinter sich, damit er mit ihr nicht wieder machen konnte, was er wollte.

Plötzlich straffte sich sein freundliches Gesicht.

„Glauben Sie auch, dass ich an Krebs sterben werde?"

Seine Fellbrauen hoben sich.

„Ich dachte, Sie wüssten Bescheid, und wir würden die ganze Zeit darüber gesprochen haben. Ohne Chemotherapie stehen die Chancen auf Leben schlecht. Oder glauben Sie etwa den Ärzten nicht? Möchten Sie ein Gutachten von anderen Ärzten einholen?"

„Nein nein. Ich meine, dass zwar die Ärzte Krebs festgestellt haben, doch das wird nicht der Grund des Krebses sein."

Behutsam: „Ich verstehe nicht?“

Fragend sah sie ihn an.

„Frau Doktor, ich meine, was mir jetzt geschieht, ist die Strafe für eine Lüge. Wir zahlen für jede Lüge im Leben. Wissen Sie, ich habe in meinen Leben niemals gelogen.

Bildete ich mir jedenfalls ein. Ich hasse Lügen. Wenn Menschen von Gefühlen sprechen, verraten sie sich selbst. Ich meine, wir dürfen nicht über Gefühle reden, weil tote Worte benutzt werden. Diese toten Worte sind Druckmittel – also Erpressungen.“

Dabei strich er mit einer Hand ihren Oberschenkel von unten nach oben. Ihr Kittel zog sich ein wenig mit nach oben, so dass das dichter gewirkte Hosenteil ihrer Strumpfhose sichtbar wurde. Sofort trat Anja mit einem Na! einen Schritt zurück.

Angelo lächelte kurz auf und fuhr fort: „Ich habe Sabine mit diesen toten und vergänglichen Worten belogen, deswegen bin ich erkrankt. Ich habe meine Freundin belogen, als ich ihr sagte, ich würde sie lieben und das in einer Situation, in der ich sie in Wahrheit hasste - nur damit ich sie vögeln und mich beruhigen konnte. Ich hatte nicht sie, sondern mich geliebt. Zwar war ich mit ihr zufrieden, doch Zufriedenheit ist nicht Liebe. Ich bildete mir ein, ohne sie nicht leben zu können und ohne sie nicht mehr fühlen zu können. Mein Körper rächt sich nun für diese Lügen an meiner Phantasie. Mein Körper hätte jede andere Frau haben können, mein Verstand verweigerte sich. Verbittert sterbe ich mit meinen Phantasien des

Hasses und mit der Gewissheit, mir für eine lange Zeit etwas Theater oder, nennen wird es Normalität, vorgemacht zu haben."

Er steigerte sich in seiner Rede und saß fast im Bett, wäre er nicht zu schwach gewesen und wäre bei jedem Versuch zurückgefallen. Anja wollte ihn festhalten, doch statt dessen lief sie langsam rückwärts zur Tür und hielt sich an ihrer Klinke fest.

Der ist ja völlig abgedreht. Warum habe ich das nicht eher bemerkt? Hoffentlich wird er nicht noch gefährlich.

„...Verstehen Sie, wir dürfen nicht lügen. Wir töten uns selbst", schrie er schon.

„Kommen Sie näher, ich will Ihnen in die Augen sehen. Ach, bleiben Sie nur weg! Sie haben oft gelogen in ihrem Leben, deshalb sind sie auch schon tot. Ich könnte wetten, Sie sind verheiratet. Psychologen müssen verheiratet sein, um ihre Lügenschuld auf ihren Partner abzuwälzen, weil sie zu feige sind, ihre Schuld selbst zu tragen."

Mit ungeduldigem Kopf stand Anja Cars an der leicht geöffneten Tür, um sofort hinaus zu schlüpfen auf der Suche nach einem ruhigen Plätzchen, damit sie die Situation verstehen konnte.

Zweifellos sprach er einen Punkt an, den Anja in ihrer Beziehung zu Matthias nicht bedacht hatte.

Sie drängte, doch ohne auf seine Worte einzugehen: „Herr Semael, ich muss jetzt gehen."

Doch er bohrte weiter: „Sind sie verheiratet?"

Mimik: Was soll das? „Bis morgen“, gab sie als Antwort und flüchtete in den weißen Bahnhof.

David Angelo badete sich in seiner Genialität, denn ohne sich vorher über seine Lügentheorie bewusst Gedanken gemacht zu haben, traf er doch eben die schönsten Worte.

Primissima, sagte er sich, ich brauche nur das Zauberwort SCHULD zu nennen, und alles lässt sich drehen und schaukeln. Eigenartig ist nur ihr rapides Verschwinden.

Das ist Angst, wirkliche Angst. Und sie bemerkt dies noch nicht einmal.

Weil sie mich interessant findet, wird das kleine bürgerliche Ärztchen alles für mich tun. Sie will Geschichten hören, die die Welt bewegen, bitte, ich habe einiges zu bieten, um die großen Augen eines artig geschulten Gehirns zu befriedigen.

Und sie dachte:

Was ist mit mir los? Was hat ihn so aggressiv werden lassen? Warum hatte ich nicht mehr die Kontrolle über das Gespräch? Warum denn bloß? Der frustrierte Geile? Aus Schuld zu sterben - so doof ist der doch gar nicht - wir leben im zwanzigsten Jahrhundert. Ich habe ihn schon freigesprochen... Anja, jetzt sieh keine Gespenster, er wird sich schon wieder bändigen.

Belüge ich denn Matthias? Na, wenn schon, er macht ja mit. Irgendwie muss man ja leben.

Starr schaute Anja auf das Teeglas; ein simples Teeglas, das in irgendeinem Haushaltwarengeschäft gekauft worden war. Ein kleiner Aufkleber mit dem Wort FORMSCHÖN schmückte damals (zu Ostzeiten) die graue Pappe, in der die Gläser standen.

Dieses formell einfach gehaltene Teeglas bot Anja wenig Faszination, und trotzdem starrte sie unverwandt auf das Glas. Vielleicht war diese Starrheit ein Überbleibsel aus der Schulzeit, denn die selbe Reaktion trat früher ein, wenn ihr Vater Hausaufgaben erklärte. Herrn Semael gelang nichtsahnend, sie heute das zweite Mal, an Vater denken zu lassen. Sie war acht Jahre alt, als ihr Vater schreiend durch die damalige Wohnung rannte, immer wieder „Ich mache das Theater nicht mehr mit!", wiederholte, seine Sachen packte und verschwand. Er hatte keine Chance gehabt, Anja während ihrer Kindheit wiederzusehen. Ihre Mutter, die bei der SICHERHEIT (also in der Firma) arbeitete, wusste geschickt zu regeln, jedem – auch Anja - glaubwürdig zu machen, dass ihr Vater, NICHT GUT SEI. Er war offensichtlich vom Feind besessen, denn - und das konnte jeder Spaziergänger sehen - er hatte seine Fernsehantenne gegen den Westen ausgerichtet. Ihr Vater war zum Klassenfeind geworden. Dieses tiefe Unverständnis für die damaligen Vorgänge, zwangen Anja, das Verstehen zum Lebenssinn zu machen. Psychologin war für die 32 - jährige Frau, genau der richtige Beruf. Zum einen konnte sie Menschen helfen, jenen, die Zivilisation verstehen wollten, und zum anderen fand sie durch ihr Wissen Zugang zu eigenen unbewussten Handlungen.

Nun saß sie hier, in dieser toten Situation, die ohne die Begegnung mit Lüge, Heuchelei nicht - oder nicht an diesem Tag - zustande gekommen wäre. Das Tor, welches Semael ihr geöffnet hatte, zeigte viele Wege an, zur eigenen Wahrheit zu kommen.

Sicherlich kam sie an ihrem Vater nicht vorbei, ohne auf ihre Feigheit zu sehen. Sie hätte ihn aufsuchen und seine Wahrheit anhören müssen! Auch diese Wahrheit ihres Vaters fehlte ihr zur eigenen Wahrheit. Anja empfand sich noch lange nicht als komplett. Sie sammelte die Wahrheiten, wie andere handgeschliffene Gläser, um sie später gegeneinander abzuwägen. Doch sie hatte angst, nicht alle Tatsachen in der Hand zu halten, falsch zu richten und Urteile zu fällen, die ihr nicht zustanden.

Das waren Dinge, die Matthias niemals verstehen wollte. Seine Welt war einfacher angelegt. Also musste sie einen Großteil ihrer Gedanken vor ihm verstecken. Das war der Verrat an ihrer Beziehung, die sie einstmals Liebe genannt hatten und jetzt nur noch Ehe hieß.

Sie quälte mit ihrer Verschlossenheit ihren Mann.

Der Verrat war eine Spirale ins Abseits, vor der sie Angst hatte und den sie so nicht mehr weiterführen konnte. Ihr Gewissen verbat es, Herr Semael verbat es, ihr Vater verbat es.

„Das Denken, das Wissen, das Bewusst machen, treibt letztlich in eine soziale Außenseiterposition.", sagte Anja zu ihrem Mann, der ihr darauf nur zu verstehen gab, den Wochenendeinkauf freiwillig zu erledigen, damit sie mal zur Ruhe käme.

Doch da eben nichts zur Ruhe kam, rastete Matthias plötzlich völlig aus. Er schrie und tobte: „Ich mache doch alles für Dich! Ich habe Deine Spinnereien satt! Ich will eine richtige Frau, die später Kinder empfängt. Entscheide Dich!"

Nun war Stille.

Ihr Spiegelbild tanzte im Tee.

„Anjuschka, was raubte Dir Deine Bodenständigkeit? Vielleicht hormonelle Schwankungen? Bekommst Du ein Kind? Mensch, Du bist die klügste Frau, die ich je kennen gelernt habe: Du musst Dich wieder fangen."

„Bitte nicht so naiv. Es ist nicht hormonell bedingt."

Und sie hätte am liebsten noch weiter sprechen wollen: Es ist eine lange geistige Entwicklung, die mich in Frage stellt und ebenso die Frage stellt, ob ich Dich je geliebt habe, ob ich lieben kann. Aber für so eine Aussage waren ihre Gedanken noch zu unreif, deswegen unterließ sie, Matthias zu beunruhigen.

Sie arbeitete in Gedanken an einer wissenschaftlichen Arbeit, die sie bald beginnen wollte.

Langsam kreiste Anja das Thema ein, damit sie deutlicher zu einer festen These kommen würde. Momentan bewegten sich ihre Vermutungen zwischen den Vergleichen der Sexualität der kinderlosen Frau und der Frau mit Kindern, hindurch zur Erkenntnis, dass Mütter eine beständigere, subtile Form der Sexualität mit ihren Kindern haben.

Dabei wird Notwendigkeit der Sexualität mit einem Mann ausgeschlossen, es sei denn, er wird als Finanziator gebraucht, oder - wenn die Mutter mehrere Kinder hat- wenn er als großes, hilfreiches Kind in Erscheinung treten soll.

Anja hatte anfangs gleich stark den Wunsch nach Kindern wie Matthias, doch um so mehr sie sich bewusst machte, von was dieser Kinderwunsch getragen war (und zwar von einer versteckten unproblematischen Sexualität), sträubte sie sich, sich Kindern aufzudrängen und wollte aber selbst auf die Suche hin gehen, zu ihren verschütteten – aber weniger perversen - Bedürfnissen. Doch dies war eigentlich nur ein Wunsch, der sich mit dem Spiel der Ehe auf Dauer nicht vereinbaren ließ.

Er soll doch aufhören zu drängen. Das bringt doch alles nichts! Irgendwann werde ich die richtige Entscheidung aus dem Bauch heraus fällen. Aber nicht unter Zwang und nicht trotzig, das liegt mir nicht. Er soll sich noch gedulden, vielleicht wird im Laufe der Zeit wieder alles wie früher...

Sie machte sich etwas vor und wusste es auch. Matthias wirkte auf Anja schon lange nicht mehr erotisch, selbst die tägliche Geilheit ihrer Phantasie landete seit Jahren nicht mehr bei ihm, und jetzt, wo sie sich immer mehr klar machte, dass ihr Weg ein ganz neuer Weg sein würde, band die beiden nur noch das Schuldgefühl, sich belogen zu haben.

Um nicht voreilig zu sein, wartete er ein wenig auf eine Antwort, die ihn besser zufrieden stellen würde.

Sie wühlt wieder in ihrer Welt, ohne mich teilhaben zu lassen.

Ich kann auf sie warten, solange ich will; von ihr wird wieder einmal nichts kommen, sprach seine Mimik auf die Platte des Küchentisches.

„Anja, ich liebe dich. Wir stecken in einer Krise und ich möchte versuchen...“, hob er an, legte seine Hand auf Anjas Armbeuge und zeigte sein eindringlichstes Gesicht.

„Du! Du möchtest versuchen. Und ich? Wo bleibe ich? Du kreierst felsenfest Dein Leben, so wie dies für Dich möglich scheint. Ich bin ein eigener Mensch, mit Gefühlen und Wünschen!“, fuhr sie ihn heftig an, während eine Scheitelhälfte ihres dunklen Haares ruckartig das Gesicht verdeckte. Hastig glättete sie die Haare zurück. Ihr wütender Blick war ganz auf Matthias gerichtet, der nun hoffnungslos auf sein halbvolles Teeglas starrte.

Er war ein gut genährter Mann, mit wenig Ansprüchen und mit einer Arbeit als Leistungsdreher im Werk 5. Er war nicht langsam und brachte gutes Gehalt mit nach Hause, und obwohl Anja als Ärztin das doppelte verdiente, verspürte er keinerlei Neid auf ihren Psychokram.

Nach einer kurzen Pause fand er wieder zu gefassteren Gedanken und bat sanft:

„Anja, ich würde mir wünschen, Du würdest endlich das Steuer ergreifen. Ich fühle mich genau so wie Du, nicht mehr geliebt. Ich meine... wir sollten offen miteinander reden.“

Fast gleichzeitig nahmen beide Tee zu sich.

Laut war der Schlucken zu hören.

...Er hat wieder Zucker in meinen Tee gemacht! Es ist sinnlos.

Er wird nie begreifen, dass ich Tee nur mit Traubenzucker trinke...

„Anja, ich bin... Kannst Du keinen Weg zu mir finden? Ich war der Meinung, alles für uns beide getan zu haben.“

Sie saßen in der neu eingerichteten Küche. Die neue Küche, die sie sich zusammen erspart hatten.

Die Küchenlampe stach hell in das Zimmer.

„Vielleicht erdrückst Du mich ja auch? Die Dinge sind viel klarer für Dich: Arbeit, Frau, Familie und Auto - alles kritiklos und möglich, wenn nur alles normal läuft.

Sollte eine Abweichung Dein Bild in Frage stellen, stehst Du dem feindlich gegenüber, weil man plötzlich nicht mehr als normal gilt

38

und vielleicht nur im Weg ist. Ich möchte jeden verstehen... und muss es auch, denn das gehört zu meinen Beruf."

Am nächsten Morgen auf dem Flur der Urologie.

„Er wartet schon auf Dich," begrüßte Peter schon von weitem, auf die Psychologin zukommend und mit einer (für Anja) schrecklichen guten Laune.

„Du gefällst unserm Patienten. Er fragte schon heute während der Visite nach Dir, Anja."

„Aha", stieß Anja aus und dachte zynisch: Da ist er nicht der Einzige.

„Du gefällst mir selbstverständlich auch", lachte der Urologe.

Nicht ohne DANKE zu sagen und nicht ohne zu fragen, was es sonst neues über den Patienten Semael zu wissen gäbe, lief sie auf ihn zu. Der Urologe berichtete, der Patient wäre immer noch schwierig und würde sich den Schwestern verweigern.

„Wann können wir endlich mit der Behandlung begingen?"

„Das weiß ich noch nicht. Ich brauche mehr Zeit, obschon eines sicher ist: Seine strenge Unfreundlichkeit gegenüber den Schwestern ist aufgesetzt, für die Chemo also unwichtig. Nach wie vor hat er die meiste Angst vor den Nebenfolgen. Aber auch hier wird die Todesangst über seinen Idealismus siegen."

„Idealismus?"

„Er denkt sterben zu müssen, weil er sich eine untragbare Schuld
aufgeladen habe und will deshalb seiner Todessucht freien Lauf
lassen. Die Liebe, das ewige Drama, Sie

verstehen? Wie steht es denn mit dem Pfleger, Herrn Koch? Wie
verhält er sich ihm gegenüber?", fragte Anja.

Peter wusste es nicht, aber versprach, dies bei nächster Gelegenheit
zu erkunden (der ‚Dicke' hatte Spätdienst).

Anja bedankte sich und ging in das Patientenzimmer.

Kaum öffnete sie die Tür, erschrak sie. Angelo wurde von einem
Hustenanfall geschüttelt.

Wo waren die klaren faszinierenden Augen? Wie kann ein Mensch
über eine Nacht so stark abbauen? Er spuckte gelbroten Schleim.
Sie hielt ihm Zellstoff hin. Er nahm

das Zellstoff und spuckte den Ekel hinein. Der Anfall verschwand.

„Guten Morgen, Herr Semael! Ihnen scheint es nicht besonders
gut zu gehen", grüßte Anja mit einem fast unsicheren Lächeln,
reichte ihm die Hand und suchte in seinem Gesichtsausdruck einen
Hinweis, ob er ihre gestrige Flucht verzieh. Er kämpfte immer
noch mit dem zähen Schleim, der sich nun von seinen Lippen zog,
doch keinesfalls wegwischen ließ.

„Ah. Guten Morgen."

Kein Hinweis.

„Bitte schmeißen Sie das in den Eimer. Danke. Nun ist auch meine
Lunge kaputt."

Er nahm ihre Hand freundlich entgegen und schüttelte sie schwach, nahm mit der anderen Hand eine ovale Schale und spuckte Rotes hinein. Die Mauer schien zerbrochen.

„Soll ich später wieder kommen?"

„Nein nein, mir geht es relativ gut. Im Gegenteil, gut, dass Sie gekommen sind. Sehen Sie, auf dem Speisezettel steht heute Fisch. Ich esse keinen Fisch. Als zweites Essen wird auf der Karte gezeigt. Ich esse kein Schweinefleisch. Die Schwester sagte zu mir, ich solle das Diabetikeressen probieren. Wieso? Ich bin kein Diabetiker. Ich gebe zu, mich wieder gestritten zu haben, doch weshalb steht hier Wahlessen, wenn ich nichts davon essen kann?"

Er sah sie vorwurfsvoll und zugleich bittend an.

„Herr Semael, Sie haben gerade Blut erbrochen. Wollen Sie überhaupt noch essen?"

„Das Blut kam nicht aus dem Magen, sondern aus der Lunge, - hat mir der Doktor erklärt. Ich will nicht verhungern, wegen ein paar Fetzen Blut. Apropos: Fische und Schweine stinken und sind unrein. Bei meinem Onkel gab es nie Fisch. Da Fisch überall an der kilometerlangen Küste billig angeboten wurde, aßen ihn die Nomaden, nicht wir. Wir wussten, die Sonne mag den Fisch nicht. Mein Onkel ließ jeden zweiten Tag eine seiner Ziegen schlachten. Das ist gesund, sagte er und hatte recht. Sehen Sie meine Zähne an. Weiß. Da, wo ich herkomme, gibt es keine Zahnärzte. Bitte,

Frau Doktor, Sie sind verständnisvoll, reden Sie mit den Schwestern, damit mir etwas anderes gebracht wird."

„Natürlich werde ich mich darum kümmern. Im übrigen, habe ich mich das letzte Mal vielleicht eigenartig benommen. Egal, auf alle Fälle wollte ich Ihnen noch antworten, dass ich verheiratet bin. Glücklich verheiratet," sagte sie fest. Fest und kräftig musste sie es ja sagen, sonst würde er dies nicht glauben wollen.

„Glücklich? Was ist denn das? Und warum erzählen Sie mir das?", erwiderte er scheinheilig (- als ob er ihre hilflose Abwehr nicht kannte) und lächelte dabei ein wenig.

Was stellt der denn für Fragen?! Er lacht mich heimlich aus. Hat ja auch guten Grund... Was geht ihn mein Privatleben an?

„Herr Semael, Sie provozieren mich, zwar spielerisch, jedoch für einen Mann ihres Alters scheint mir dies unangemessen."

Pause.

Angelo lachte ihr ins Gesicht. Sie fühlte leise Wut.

Na gut, wenn er will, werde ich ihm antworten: „Glück ist eine Art der Zufriedenheit. Das haben Sie gestern auch über die Liebe gesagt."

Sie schaute gespannt in die Sonne. Nur beruhigen, nicht erregen lassen. Der Baum vor dem Haus streichelte die Fenster.

„Gut," sagte er kurz und es klang wie ein Lehrer, der eine richtige Antwort bekam.

„Sie haben vielleicht die gleichen Bücher gelesen wie ich. Ich habe immer herausgelesen, wahre und zermürbende Liebe ist eher Unzufriedenheit mit der Situation, aber ein Pool großer Kunst. Liebe ist selten Glück und Harmonie. Und letztendlich gesagt, bin ich zufriedener, wenn ich nicht liebe, vorausgesetzt wir verstehen die Zufriedenheit als Ruhe.“

„Eben, und jeder sucht sich die Art, wie er lieben möchte, selber aus.“

„Das klingt nach Regulation. Regulation ist keine Liebe.“

Beide sahen schweigend aus dem großen Fenster. Am liebsten hätte Anja gesagt, sie würde ihren Mann nicht lieben, doch egal war er ihr nun auch nicht. Sie hatte eine starke emotionale Bindung zu Matthias, die sie durchaus Liebe nennen konnte. Deshalb sagte sie: „Ich frage mich oft, ob ich meinen Mann liebe. Und ich frage mich warum. Jedes Mal finde ich keine richtige Antwort auf das Warum. Ob wir uns bedingen, uns reiben, aneinander etwas abbauen, ist letztendlich egal, denn bislang wollte ich ihn. Mit anderen Männern wäre mein Leben so nicht möglich gewesen.“

„Frau Doktorin: Anders möglich, und vielleicht bräuchten Sie sich nicht mehr fragen,“ verbesserte er.

„Wir stimmen völlig überein, Herr Semael. Es wäre schön, wenn... nein, es wäre schrecklich, wenn Liebe reguliert werden könnte. Ich habe auch gelesen, dass über Liebe fast nichts gesagt werden kann, denn sie lauert überall. Ich meine gelernt zu haben, die Liebe zuzulassen und weiß, wie ich lieben will... Ich stolpere nicht tollpatschig auf den Gefühlen anderer herum, da ich weiß, was ich will. Und wie ist das mit Ihnen? Sie haben eine unangenehme Erfahrung machen müssen, vielleicht mit einer Krankenschwester?"

Die Sonne krabbelte auf der Haut. Es war ein schöner Tag und sie sprach mit einem Sterbenden. Heute dreht sich wirklich alles im Kreis. Bekomme ich jetzt noch Zahnschmerzen, wird mir durch diese Gespräche schwindelig.

Angelo hingegen dachte nicht daran, auf ihre Frage zu antworten. „So, jetzt mal Tacheles. Ihre Krankenschwestern sind ossihafte Peinlichkeiten eines vergangenen Jahrzehnts. Ich will mit Dummheit wenig zu tun haben. Und jetzt zu Ihnen. Meinen Sie wirklich, mit unseren Geplapper reißen wir die Welt ein? Der ganze Quatsch um die Liebe interessiert Sie doch überhaupt nicht! Sie wollen Ihren Mann, weil Sie sich in ihrer Lebensplanung behaglich fühlen möchten!..."

„Ja. Wobei meine Beziehungen immer alles andere als sicher waren. Aber wir reden nicht mehr über Liebe. Wenn Sie ein freundschaftliches Verhältnis zu mir wollen, dann respektieren Sie dies bitte. Ich weiß überhaupt nicht, wieso wir überhaupt darüber reden. Sie wollen aufarbeiten, gut, dann lassen Sie eine Chemotherapie zu. Dadurch gewinnen Sie vielleicht 30 bis 40 Jahre Zeit. Meine Unterstützung ist Ihnen gewiss,... und gehen Sie raus, unter die Menschen, lernen Sie wieder leben! So, jetzt hole ich Ihnen etwas zu essen."

Stolz darüber, endlich einmal direkt gewesen zu sein, stand Anja vom Stuhl auf und machte dem Schieber Platz.

„Ich bin - obwohl ich hier brach liege - wahrscheinlich lebhafter als Sie! Und eines möchte ich noch dazu bemerken: Sie sind sehr drollig, erst erzählen Sie mir was vom Eheglück, nun sind Sie der Ansicht, Sie hätten etwas über Ihre Lieben erzählt.

Zwischen uns sind Welten. Sie werden mein Leid nicht verstehen können, solange Sie das, was Sie da zurechtplanen, Liebe und Glück nennen. Ich dachte, wir könnten uns begegnen. Ich täuschte mich, Entschuldigung."

Anja stand stumm an der Tür. Ihre Zahnschmerzen schienen ihren Kopf zu verfeuern.

„Ach, noch etwas: Darf ich mich in Sie verlieben? Sie sehen zum Anbeißen aus!", rief Angelo durch die noch geöffnete Tür hinterher. Bums. Nun war sie zu, die Tür.

Eine Dreiviertelstunde später.

Die Tür schlug auf und die Fürsorgetante aus der Sozialabteilung polterte aus dem Semaelschen Patientenzimmer. Beinahe hätte sie Anja, die gerade Umständlicherweise mit dem Ellenbogen die Patiententür öffnen wollte, angestoßen und das Essen wäre heruntergefallen. Die Fürsorgetante lief hastig an Anja vorüber, ohne sich zu entschuldigen oder zu grüßen. Anja blieb stehen und sah ihr nach.

„Tag", rief ihr Anja gedämpft hinterher. Sie musste Stress haben, denn sonst war sie immer trallala - freundlich.

Anja öffnete gespannt das Patientenzimmer.

Jetzt fiel ihr noch deutlicher auf, wie schlecht Herr Semael heute aussah. Das Gesicht blass. Das Knochengerüst wuchs fast aus der bräunlichen Haut. Die Augen rot umweint. Seine großen Hände ließen ein feuchtes Taschentuch fallen. Frische Tränen wuchsen, als er die Vertraute in Anja erkannte.

„Wissen Sie, was die mich gefragt hat? Ob meine Kinder von mir sind."

Was, der hat Kinder?

„Verstehen Sie? Meine Kinder, für die ich jahrelang bezahle, die ich selten sehen darf, die ich liebe... Sie fragte mich, ob die Kinder meine Kinder sind. Von wem denn sonst? Für was bezahle ich denn das Geld?"

Er griff das Taschentuch wieder auf und verwischte die frischen Tränen.

Also hat er die Fürsorgetante rausgeschmissen!

Anja wusste nichts Richtiges zu sagen.

„Hier, ich hoffe, Rissotto ist richtig."

Sie hielt das Essen hin.

„Danke."

Er packte das Essen aus. Vielleicht war er sogar froh, dass die Psychologin nichts richtiges sagen konnte, denn dies war sein Problem und nicht ihre Angelegenheit.

Väter, die ihre Kinder nicht sehen dürfen, waren kein Thema der Öffentlichkeit (schließlich waren alle Männer Schweine und verdienen deshalb weder Recht noch Mitleid).

Anja setzte sich auf den Stuhl neben dem Bett.

Der Schieber wartete auf dem Fußboden.

Sie schaute dem hilflosen Mann zu, der sich mit dem Essen abmühte und wünschte sich, ihm zu helfen, damit sie ihn besser verstehen könne.

Er ist ein Kämpfer im Netz. Vielleicht hat er sein Leben das erste Mal nicht selbst in der Hand. Für was braucht so ein Mann Kinder?

Sie mochte Herrn Semael.

„Lieben Sie außer Ihren Kindern noch jemanden?", unterbrach sie das Schweigen, um sich ihm wieder anzunähern.

Keine Antwort. Das Essen schien gut zu sein.

„Ich meine, lieben Sie das Leben, eine Frau vielleicht, oder sich selber?", hakte sie nach.

„Nein. Ich habe ja nichts mehr. Die Kinder kenne ich nur von Fotos und zufälligen Begegnungen," schmatzte er, ohne den Kopf von dem Essen abzuwenden.

„Bis vor kurzem wollte ich auch noch Kinder haben...

Doch fragte ich mich, warum."

„Oh, hört hört, eine Frau die nicht blind Leben in die Luft wirft, weil sie meint, sie müsste Gebärmaschine sein.“

„Richtig. Ich habe mich entschlossen, nicht unbedingt der Natur zu folgen. Es ist mein Leben.“

„Toll, und nun?“

„Sie halten nicht besonders viel von mir?“

„Sie wollten jetzt für Ihre emanzipatorische Tat von mir gelobt werden. Ich weigere mich.“

„Ach, vergessen Sie es. Ich wollte nur irgend etwas sagen.

Aha, Frau Doktorin, lieben Sie sich denn?“

„Je nach Situation; genauer habe ich nie darüber nachgedacht,“ blockte sie ab und bemerkte sofort ihre kleine Lüge.

Er sah ihr gelangweilt ins Gesicht.

„Ich kann nicht mehr essen. Ich schaffe nicht mehr so viel.“

„Essen Sie, so viel sie schaffen. Ich komme morgen wieder,“ sagte sie und erhob sich vom Schieberstandortstuhl, mit einem zu niedergeschlagenem Gesicht, welches nicht nötig war, fand Angelo und sagte deshalb:

„Ach, Frau Doktor, schauen Sie ein bisschen freundlicher zu mir und gewähren Sie mir noch eine Gnadenfrage. Vielleicht bin ich ja morgen schon tot.“

Er sprach dies langsam und ernst, und Anja wusste nicht, wie seine Andeutung gemeint war. Schließlich, so dachte sie, sei sie diejenige, die sich Zeit für ihn nahm, weil sie alles über ihn wissen wollte (ob dies noch zu ihrer offiziellen Aufgabe gehörte, war ihr egal.).

Sie lächelte zart, drehte langsam verneinend den Kopf hin und her, (Semael war ein Vagabund, also war es wahrscheinlich kokett gemeint), stand auf, bereit für die Frage, bereit aus dem Zimmer zu gehen.

„Frau Doktor, meinen Sie, mein Unterbewusstsein will noch leben und will sich deshalb auch einer Chemotherapie unterordnen?"

„Ja. Selbstverständlich haben Sie mehrere Triebe in sich. Selbst wenn der Todestrieb momentan stark ist, kann sich dies sofort wieder ändern. Normal und gesund wäre das."

Sie freute sich über den kleinen Erfolg, aber um sein Misstrauen nicht zu wecken, sprach sie weiter:

„Es gibt keinen Menschen, der sein Unterbewusstsein kennt. Und selbst wenn... unsere Triebe bleiben. Wir können uns nicht ändern, wir können nur versuchen, damit bewusst umzugehen. Wir sind alle bedrängt, gespalten, erzogen, und leben trotzdem!"

Soweit das Wort zum Sonntag. Anja, mit sich zufrieden, schlüpfte durch die Tür in die Freiheit des Flures. Dieses Mal war nur ein leichtes Klicken des Türschlosses zu hören. Kurz darauf erbrach Angelo unter Ächzten und Schmerzen sein Rissotto.

Den folgenden Tag begegnete Anja auf der neurologischen Station ihrem Stationsarzt, Herrn Dr. Braun, der gutgelaunt, aus dem OP

- Saal kam. Er war Neurologe und hatte deshalb einen anderen Aufgabenbereich als Anja und trotzdem - oder vielleicht deswegen - kamen beide gut miteinander aus.

„Guten Tag, Frau Dr. Cars. Ich habe Ihre letzten Verläufe gelesen. Sie sind also zufrieden mit unserer Arbeit."

„Ich betreue doch nicht Ihre Arbeit."

„Jaja, eins ins andere, Frau Doktor, eins ins andere... Ach, gehen wir mal zu mir."

Er meinte damit sein Büro.

„Ich habe eine eigenartige Beobachtung machen müssen, Frau Doktor."

Jetzt waren sie im Stationsarztzimmer. Sie setzte sich vor den Schreibtisch, er setzte sich vor sie darauf und blickte scharf auf sie herab.

„Sie sehen in letzter Zeit ein wenig abgespannt aus, oder täusche ich mich?"

„Habe ich Fehler gemacht?"

„Bislang habe ich noch nichts gehört, und ich möchte, dass dies so bleibt. Sie machen ihre Arbeit vorbildlich - das würde jeder sagen, und klar ist, ich habe zu Ihnen Vertrauen, und möchte Ihnen helfen, falls das möglich ist."

„Danke. Ich komme zurecht."

„Na gut, wie Sie möchten. Nichts für ungut. Ich habe Sie letzthin in der Bibliothek lesen sehen. Bereiten Sie eine Arbeit vor?"

„Ja, aber ich kann darüber noch nicht sprechen."

„Gefährliches Terrain also?"

„Muttermystik."

„Oh, sehr gefährlich! Und dann, Sie als Frau! Unsere Bibliothek wird Ihnen bei einer ehrlichen Arbeit nicht genügend zeitbeständiges Material liefern können."

„Ich komme mir tatsächlich verlassen vor."

„Kurzum, ich wünsche Ihnen genau den Mut, den ich gebraucht habe, meine Hände von der Psychologie zu lassen."

Anja staunte über diese Neuigkeit.

„Ich bin viel später zwangsweise auf die Neurochirurgie umgestiegen. Mein damaliger Mentor legte mir dies ans aufgewühlte Herz, als ich mit meiner Arbeit LEBEN UND GEILHEIT IM ZWANZIGSTEN JAHRHUNDERT vor der Prüfungskommission auf totales Unverständnis stieß. Meiner Meinung nach, hätte ein Großteil der Psychosen durch zwanglose Sexualität eingeschränkt werden können. Aber das ginge natürlich nur, wenn man weiß, was zwanglose Sexualität bedeutet. Für mich - und die vielen anderen auch - bedeutete dies in seiner letzten Konsequenz einen Übergang in eine andere Gesellschaftsform. Warum sollte unsere Gesellschaftsform untergehen wollen, war die anliegende Frage, wenn sie ausreichend Möglichkeiten zum Ausweichen bietet? Glauben Sie mir, Frau Dr. Cars, manchmal ist Freiheit nur ein Kampf auf dem hoffnungslosen Weg, den man gehen muss, um nicht zu veröden. Unser Land wird dank der Angst, die umhergeht, so krank wie eh und je weiterleben.

Wer Angst hat? Alle. Die Feministinnen zum Beispiel, und ihr lebenslanger Kampf gegen ihre eigenen Eltern, hat nicht nur eine sexualfeindliche Debatte gegen die Männer aufgebracht, sondern hat viel mehr Angst und Feigheit gestreut, als wir überblicken können, wenn es darum geht, wirklich frei zu sein. Die Emanzipation steht jetzt, am Anfang des einundzwanzigsten Jahrhunderts, mit einem traurigen, vertrockneten, intellektuellen Vakuum vor mir. Die Familienseuche geht um und zieht Tausende Andersdenkende in die Psychiatrie. Moderne Begriffe wie Homo - und Heterosexualität haben die Freiheit gefesselt und die Menschen zu Perversen gemacht. Es ist also kein Wunder, sagte ich damals der Kommission, dass wir in einer neurotischen Gesellschaft leben, in der es keinen Weg zur Heilung gebe. Wenn ich diese Meinung wirklich vertreten will, so sagte man mir entgegen, sollte ich Philosoph werden und kein Psychologe."

Er wandte sich ab, ging ein paar Schritte zum Fenster und sagte schwärmerisch: „Ist es nicht wunderschön hier draußen? Den Kastanienbaum soll mein Großvater gepflanzt haben. Mm, gut möglich. Vor unserem Haus steht ja auch einer. Machen Sie doch jetzt Urlaub, bevor die Ferien anfangen; ich meine, Kinder haben Sie ja nicht?"

„Danke, aber so eine Flucht liegt mir nicht."

„Schafft aber Abstand."

„Ja, wenn sie nichts dagegen haben, würde ich noch mal auf die Uro..."

„Selbstverständlich, und nochmals: Nichts für ungut."

Sie verließ das Zimmer und ihr war bewusst geworden, wie viel Hoffnung ihr Stationsarzt in sie setzte. Außerdem fand er sie höchstwahrscheinlich ganz nett (- wie so allgemein gesagt wird).

Als der Urologe, den Pfleger Herrn Koch im Behandlungszimmer erblickte, war dieser gerade damit beschäftigt, einer Schwesternschülerin zu zeigen, wie Insulin gespritzt wird. Der Dicke, wie er oft liebevoll genannt wurde, war selber Diabetiker und spritzte sich die dosierten Einheiten je nach seinem Befinden. Dazu schob er sich den weißen Kittel am linken Arm nach oben, mit der rechten, sehr geschickten Hand, desinfizierte er die Einstichstelle und jagte mit einem Ruck die Kanüle in das Oberarmfett. Die Schülerin stand vor ihm und zuckte zusammen, sofort trat Bewunderung in ihr Gesicht. Wie das so cool geht, erkannte sie mit ihrem roten Kopf, der völlig überlastet schien und diese kleine Lehrpause gerne annahm.

Herr Koch ist o.k., sagte sie sich, alle haben Respekt vor dem Dicken, und er hetzt nicht.

Ich muss bei ihm zwar aufpassen, was ich sage, weil er sehr aufmerksam hinhört, da er ständig auf Hinterlist gefasst ist und daher leicht erregbar ist, aber ungerecht ist der Dicke nicht.

Herr Koch desinfizierte nachträglich die Einstichwunde.

„Da ist überhaupt nichts dabei. Am besten, Du stichst Dir selbst mal die Kanüle in den Schenkel."

„Nein! Ich trau mich nicht."

Hierzu trat nun der Urologe mit freundlichstem Gesicht, stellte sich hinter das junge Mädchen (fast hätte er vor lauter Freundlichkeit ihren Kopf gestreichelt) und grüßte:

„Guten Tag, Herr Koch, wie viel Einheiten haben Sie sich denn gespritzt?"

Er lachte, doch der Dicke war immer auf der Hut:

„Genau soviel wie nötig. Das ist mein Insulin, welches ich mir von zu Hause mitgebracht habe und das nun mit 'Koch' beschriftet, hier im Kühlschrank steht."

Peter dämpfte seine gute Laune. Er wollte nicht stänkern, sondern nur einen Gesprächsfaden finden.

„Das ist gut, Herr Koch. Übrigens, wie kommen Sie so mit dem Patienten Semael zurecht?"

Herr Koch verstand den Grund der Frage nicht recht und hätte am liebsten gesagt: mit ihm Tanzen gehe ich nicht, doch er antwortete statt dessen: „Wie immer. So wie man in den Wald hineinruft, so schallt es wieder heraus. Gab es denn Beschwerden?" Das hätte den Dicken gewundert, denn der Dicke wurde, (oder die Schülerin, falls er nicht da war) gerne zu ihm hingeschickt, da es nichts zu beanstanden gab.

„Nein, bislang habe ich nichts gehört. Mich wundert nur, da die anderen auch freundlich in den Wald hineinrufen, es trotzdem Probleme gibt."

„Was weiß ich, was in den Leuten vorgeht...", brummelte der Dicke vor sich hin und widmete sich wieder seiner Arbeit. Er zog Medikamente in die Spritzen auf.

„Was ich eigentlich wollte, Herr Koch, ist, Sie zu bitten, ob Sie nicht auf Herrn Semael Einfluss nehmen könnten. Ich meine im Hinblick auf eine Chemotherapie. Semael lehnt diese Therapie ab, da er der Meinung ist, seine Lebensqualität würde sich verringern."

„Das ist doch ein klarer Wille. Warum sollte ich ihn überreden? Jeder hat sein Glück in eigener Hand."

„Das stimmt schon, aber wenn ein Kind zum Beispiel nicht in die Schule gehen möchte, weil das Kind der Meinung ist, es müsste nichts lernen, da akzeptieren wir das auch nicht. Das Kind hat noch keine Vorstellung von der Zukunft. Herr Semael möchte wahrscheinlich auch keine Verantwortung für die Zukunft übernehmen. Warum das so ist, wissen wir nicht. Eventuell wird die Psychologin mehr heraus bekommen. Doch sie kann nicht immer hier sein. Herr Koch, Sie sind die nächste Bezugsperson. Wenn Herr Semael stirbt, nur weil er ein moralisches Tief hat, dann sollten Sie sich fragen, ob Sie dies nicht verhindern hätten können."

Ohne dass Herr Koch etwas erwiderte, verließ der Arzt das Behandlungszimmer.

„Sieh mal, sagte er zu der Schülerin, vor DEM musst Du Dich in acht nehmen. Der macht Dich zum Mörder, und kann es moralisch und politisch verantworten."

Endlich in der Freiheit.

Anja lief auf der Eldenaer Straße nach Hause. Sie achtete den ersten wirklich sonnenüberstrahlten Frühlingstag nicht. Sie war noch ganz von ihrer Arbeit, von ihren Gedanken, eingenommen und lief ein wenig schuldbewusst, weil sie Freizeit hatte, in ihr - man kann schon sagen häuslich vertrautes - Stadtrevier. Vor ihr war nun der Spielplatz zu sehen. Sie lief geradewegs darauf zu. In ihrem Kopf begleitete sie das Schicksal ihres Stationsarztes. Von ihm hätte sie jetzt nicht gesehen werden wollen, wie sie sich hier auf eine Bank setzte, und den mal zwitschernden, mal schreienden Kindern zusah. Natürlich, musste sie zugeben, war seine Thematik auch die ihrige, denn ihre Lebensgestaltung mit Matthias, war keinesfalls mit Geilheit begründet. Wenn es diese

Geilheit gibt, wo war sie da hin? Würde ihre Erotik sich in Mutterliebe umschlagen? Ist sie androgyn, oder gar asexuell durch das Zusammenleben geworden. Irgend etwas stimmte nicht und schon bald würde sie wissen, was es war.

Sie stand auf; blickte auf die Kinder; stellte sich die Frage: Vielleicht sind wir Frauen nur zärtliche Päderasten; lächelte und lief nach Hause.

Der Satz: „Es wird vorübergehen" stand wie ein Schleier vor ihr. Alles was sie war, und alles was sie dachte, war die Hoffnung auf Veränderung ihrer Situation und dass sie an sich selbst vorübergehen würde und sich voll auf ihre Arbeit, die Kinderwunschanalyse, konzentrieren könnte. Ihr Leben war momentan eine Warteschleife, die sie unerträglich - hin zu Matthias und wieder weg -zog. Nichts wünschte sie sich mehr, als mit einer verwandten Seele sich irgendwo heimisch zu
fühlen.

Sie hasste ihren Mann, analysierte und wusste warum - also alles bewältigt und damit nicht so schlimm! - und wusste eben doch nicht: warum Hass, warum Gefühle? Warum? Aber vielleicht hasste sie ihn nicht, sondern ärgerte sich nur, weil in ihren Leben nichts passierte. Stillstand - nur der Ekel wuchs - durch sie, durch ihre Wohnung, durch ganz Friedrichshain. Die Definitionen besagen,

Ekel sei Faszination und Hass sei Liebe. Es wurde Zeit, diese Definitionen streng zu hinterfragen.

Achte ich Matthias? Ich bin betroffen, er ist mir nicht egal. Liebe ich ihn? Keine Ahnung. Warum soll ich ihn lieben, was macht ihn liebenswert? Keine Ahnung. Er geht mir auf die Nerven.

So lief sie, begleitet von ein paar Spatzen, die ein kleines Tänzchen wagten, denn schließlich war Ende April, alles war offen und streckte die Arme aus.

Sie wünschte sich, jemand wäre bei ihr, jemand freundliches, der ihre Probleme lösen würde, und sie nicht als studierten Mülleimer betrachtet. Es muss wohl ein paar Jahre

her gewesen sein, als sie sich das letzte Mal bewusst einsam fühlte.

Ach, was wäre ein richtiger Mann, - nicht MEIN MANN! - das bräuchte jetzt mein Körper, meine Haut, mein Gesicht,... - irgend etwas riechen, fassen, fühlen.

Warum soll ich mich zufrieden geben mit einem starrsinnigen Choleriker? Viel Zeit habe ich nicht mehr; jetzt, mit 32, wäre meine letzte Chance. Eines ist klar, bald wird mein schlanker Körper sich wie knochendurchwachsene Grütze anfassen und mein kastanienbraunes Haar wird sich in Pinselborsten verwandeln, wenn es nicht bald durchwüstet und durchwuschelt wird.

Etwa 10 Minuten später lief Matthias Cars, aus der anderen Richtung kommend, starr am Sonnenfrühlingstag vorüber.

So wie es fünfmal in der Woche geschieht, findet er den Weg zu dem Haus in der Eldenaer Straße mit geschlossenen Augen (Am Ende hat er sie dann doch offen – wegen der Hundekacke). Sie liebt mich nicht, aber warum bleibt sie bei mir? Oh Gott, ich liebe diese Frau, die so unnahbar neben mir schläft, als wäre sie eine Statue: verlangend nach Haus und Laune, nur nicht nach mir. Sie redet nicht mehr mit mir, sie macht mir Vorwürfe: Warum ich sie nicht so lieben kann, wie sie geliebt werden möchte? Aber ich liebe sie doch, ich liebe sie, ich liebe sie. Ich kann nicht falsch lieben. Sie möchte meine Liebe nur nicht glauben. Erst wenn ich verzweifelt mit gebrochenem Kopf vor ihr stehe, streichelt sie mich und lockt zum Vögeln. Was hat sie mit mir vor und wo bleibe ich als Mann? Schläft sie mit mir aus Mitleid? Warum will sie mich nicht verstehen, oder was will sie aus mir machen?

Nach dem Tag, den beide mit heuchlerischer Bravour erledigt hatten, gingen Matthias und Anja Cars ins Bett.
Matthias schraubte sich gleich in sein Kopfkissen, da er das Buch in Anjas Hand sah, welches sie lesen würde, bis er eingeschlafen war. Das Buch forderte absolute Stille. Eine ausgezeichnete Idee; es wäre nicht auszudenken, was passieren würde, wenn das Buch weg wäre und immer noch diese drückende Stille im Schlafzimmer schweben würde.

Doch plötzlich, sank das Buch auf die Bettdecke und sie fragte: „Du liebst mich also noch?“

Vier Sekunden brauchte Matthias, um sich wieder aus dem Kopfkissen zu wursteln und aufrecht zu sitzen.

„Anjuschka, ich liebe Dich, selbstverständlich. Was hast Du?“

„Nichts.“

„Gut, dann kann ich ja weiter schlafen“, flüsterte er der schwach beleuchteten Nacht zu, nahm lächelnd ihr Kopfkissen weg, um es auf seinen Kopf zu legen und wartete, dass sie das Kopfkissen wieder an sich riss und den kleinen Spaß mit Küssen zollte.

Alles könnte wieder so leicht sein, ganz wie früher. Sie legte das Buch auf den Nachttisch und knipste das Licht ab, doch legte sich nicht hin.

Sie war aus irgendeinem Grund wütend. Vielleicht erwartete sie, er würde auf eine Auseinandersetzung hin anspringen.

Warum sprang er nicht an? Sonst drängte er.

Wir sind acht Jahre verheiratet und haben bislang jedes Problem gemeinsam bewältigt. Warum jetzt nicht?

„Was, das war es schon? Du drehst Dich um und alles ist in Ordnung?“

Jetzt nahm sie ihm das Kopfkissen wieder weg. Er drehte sich ihr zu, die linke Hand auf ihren Bauch gelegt.

„Anjuschka, wir haben doch geklärt, dass wir uns lieben. Ruhiger können wir doch nicht einschlafen.“

60

„Wir? Na lassen wir das. Vielleicht nervt mich auch nur die Arbeit im Krankenhaus...

Stell Dir vor, ich habe zur Zeit einen krebskranken Patienten, der sich nicht behandeln lassen will. Und weißt Du warum? ...“

Doch hier unterbrach er sie, indem er seine Hand von ihrem Bauch nahm und bat: „Bitte Anjuschka, ich muss morgen früh raus. Lass uns doch morgen Nachmittag ausführlich reden.“ Punkt. Gespräch beendet. Beide wollten sofort schlafen und konnten es nicht.

Anja wollte ihre Wut und ihre Fragen abstellen und konnte es nicht.

Matthias wollte seine Angst und seine Hoffnungen abstellen und konnte es nicht.

Die Nacht schlief langsam. Zu früh wurde es Licht. Rote Schmerzaugen.

Im Grauen stand Matthias in der Küche, legte sich leise die Stullen in die Tasche.

Er war sehr unzufrieden. Seine Frau, die mit den Weckerklingeln aufgewacht war, will sich mit ihm ernsthaft unterhalten. Also erwartete ihn heute Nachmittag nichts Gutes. Er sah aus dem Fenster. Eine modern dahingestellte, graugelbe Hauswand, versuchte ihn zu erschlagen.

Bäume waren hier wohl noch nie gewesen.

Matthias konnte vom Fenster aus die großartigen Hundehaufen zählen. Es wurden jeden Tag mehr.

Graufleißige Leute stummten böse ihrer Arbeit entgegen. Gleich würde er sich in den Tag einreihen. Dieser Morgen war nicht sein Morgen. Vielleicht gehörte dieser Morgen dem April, der sich beständig sonnig bis zu seinem Ende zeigte. Die Gefühle von Matthias zeigten Regen an. Warum lässt der Regen auf sich warten, alle erwarten ihn?

Matthias Cars wirkte an diesem Morgen unkonzentriert und unausgeglichen. Am liebsten wäre er gar nicht zum Arbeiten aufgestanden, doch unbegründetes Fortbleiben ruft Assoziation mit Charakterlosigkeit und den Anfang vom Ende hervor. Er wusste: Pflicht war Pflicht, Anja war Anja, da musste er jetzt durch. Doch dieses DURCH gelang nicht recht, denn seine Kollegen fragten ihn, einer nach dem anderem, warum er so eine miese Stimmung habe: er blickte sie dann an, sah in ihre gleichbleibenden Mienen, seufzte, blickte wieder auf seine Maschine und sagte, es würde schon wieder vorübergehen.

Zeitweilig ging die Trübe, dieses Zweifeln und Wartenmüssen, vorüber und er konzentrierte sich auf seine Arbeit, dann schlugen seine Gedanken wieder um. Die Firma erlebte ihn noch nie so. Ströme durchbrannten seine Kopfhaut.

Was hatte er falsch gemacht? Was wollte sie von ihm? Wie meinte sie das mit der Liebe? Sie hatte einen Entschluss gefasst, den sie ihm mitteilen wollte. Hatte sie etwa gemerkt, dass er sich Gedanken machte? Wirkte er unsicher? Würde sie ihn nicht lieben können, weil er der Schwächere war? Können Frauen ihn lieben? Liebte er, oder war er nur gekränkt?

Dieser Tag war nicht sein Tag.

Erst der Stress auf seiner Arbeitsstelle und nachher noch das Gespräch mit Anja. Langsam und trübe lief er nach Hause. Wohin denn sonst? Er trank ja nicht. Er war kein Rolling Stone und kein berühmter Dichter. Zu Freunden konnte er auch nicht gehen. Er hatte keine Freunde. Jedenfalls nicht solche, die er jetzt bräuchte. Er war ein normaler kleiner Hans Kuck-in-die-Luft.

Er liebte Anja. Er tat alles für sie. Es gab Grenzen. Was würde passieren?

„Guten Morgen!", sagte der Pfleger Herr Koch.

„Wir kommen die Betten machen."

Schwuppdiewupps, standen zwei Weißkittel vor Angelos Bett. Die Schwester half Angelo beim Waschen am Waschbecken, und der Pfleger wechselte das Bettzeug aus. Als er fertig war, legte er einen Brief auf den Nachttisch.

„Ein Brief ist abgegeben worden, von einem Herrn Paul. Dieser wollte Sie besuchen, doch die Stationsschwester sagte mir, Sie möchten keinen Besuch empfangen, also gab er mir diesen Brief und ging wieder." Herr Semael riss ihn angespannt auf, ohne recht auf die Frage des voluminösen Pflegers zu achten, ob der Patient noch etwas benötigte. Er wurde nur mit einem raschen Kopfschütteln bedacht, welches den Pfleger Koch mit einen leisen: „Mhm." zum Verlassen des Patientenzimmers veranlasste.

Wie Herr Semael schon ahnte, wurde dieser Brief nicht von Herrn Paul geschrieben, sondern von seiner Sabine.

Dublin, März 1996

Sehr geehrtes Schwein David Angelo Semael,

Sean vermutete, Du würdest wirklich nichts unterlassen, mir Schmerzen zuzufügen. Er hat Dich entlarvt.

Du tust mir leid, wenn Du in Deiner verstrickten Dummheit annimmst, ich würde Dir verzeihen. Wie komme ich dazu? Ich bin ein Mensch, nicht irgendein Funktionsapparat.

Ich will nicht Friede, Freude, Eierkuchen mit Dir schließen und erst recht nichts vergessen. Deine Leidenstour läuft also nicht!

Dass Du mich erniedrigt, geschlagen und verfolgt hast, gehörte zwar zu Dir wie Dein Charme und Deine Klugheit, ist aber unvergesslich für mich.

Ebenso unvergesslich ist für mich, wie sehr ich Dich geliebt habe, war es auch für Dich eine große Wonne, dies für Deine unermessliche Eitelkeit zu nutzen.

Wäre Sean nicht gewesen und hätte er mir nicht wieder Achtung vor mir selbst gegeben, hättest Du mich weiter als eines Deiner Tiere behandelt.

Die Entfernung zwischen uns beruhigt mich. Vielleicht schaffe ich es sogar, meinen Zorn zu vergessen, und ob Du in Palma bist oder in Berlin sterben

64

wirst, wäre mir recht egal gewesen, hättest Du mir nicht diesen Brief geschrieben und alle meine Wunden wieder bluten lassen. Jetzt räche ich mich!

Angelo, Du bist ein Bluthund, der riecht, wo die Schwäche seines Fanges ist und dann erbarmungslos zubeißt.

Dein Tod lässt mich ruhig schlafen, denn dann bist Du weder mir noch irgendeiner anderen Frau eine seelische Gefahr. Übrigens habe ich Deine Exfrau getroffen und ihre - also auch Deine - Kinder. Die wissen nicht einmal, wer Du bist. Das ist gut so.

Sie sind hübsch, gesund und glücklich.

Leide ruhig Deine Strafe ab, wenn Du meinst, dies zu müssen. Ich jedoch schenke Deinem aufgesetzten Leiden keinerlei Beachtung, denn dies ist produziert von Dir, um zweifelnde unsichere Schäfchen einzufangen. Vergiss es - Du bist durchschaut!

Und jetzt, mein Lieber, werde ich Dir einen kleinen Hieb verpassen: Ich war mit Sean niemals intim zusammen, obwohl wir die großzügigsten Freunde geworden sind. Ich liebe ihn nicht. Eine Farce war mein Schutz. Bye bye mein Engel, denn jetzt folgt der Kopfschuss: Ich werde Deinen Zirkus weiterleiten, denn Du musstest ihn nicht nur an eine fremde Frau verkaufen, nein, die Verhandlung ist in meinen Auftrag und mit Seans Vermögen geschehen, während Du Dich mit Selbstgefälligkeit in der Sonne Palmas gebräunt hattest.

Sean ist wirklich einer der klügsten und umsichtigsten Menschen, die ich kenne. Ich bin ihm so dankbar, dass er Dir sein Haus überlassen hatte, damit ich mich von meinen Neurosen langsam emanzipieren konnte.

Tränen wuchsen in die Augen Angelos.

Wuh, flog der Brief durch die Luft.

Scheiße, warum habe ich diesen verlogenen Brief geöffnet? Ich wusste doch, was für gemeine und niederträchtige Personen Frauen sind! Ich werde nicht klug, täusche mich immer wieder.

Wenn Sabine den Zirkus wirklich mit Seans Geld gekauft hat, ist sie in Gefahr. Ich muss sie waren- ihr schreiben.

Mühevoll, unter Stöhnen, erreichte er den Brief und hob ihn auf, zerriss ihn und schmiss das Papier in den Abfalleimer. Ein Blick in den Spiegel verriet Tränen, die er sogleich verwischte. Völlig erschöpft setzte er sich auf das hohe Krankenhausbett und ließ sich langsam nach hinten abfallen.

Hoffentlich kommt jetzt keine Schwester. Nur keine aufdringlichen Fragen beantworten müssen.

Mit Sicherheit würde er diesen Vorfall vergessen. Nein, er musste diesen Brief verzeihen, da er nur in Liebe geschrieben werden konnte und keinesfalls darauf aus war, Angelo wirklich Schmerzen zuzufügen.

Eine Irritation - sonst nichts weiter. Ja, genauer noch: Sie hat diesen Brief geschrieben, weil ich mich von meiner Liebsten lösen soll, damit ich in Frieden sterben kann. Schließlich ist sie eine schöne junge Frau, mit ganz normalen Wünschen.

Jetzt wusste er wieder, wie sehr er sie immer noch liebte, da sie von Herzen unschuldig und rein ist, sonst hätte sie ihre Liebe nicht geleugnet.

Ach schön, schloss Herr Semael hier nun den Kreis, „Sie liebt mich nach alledem, schickt sogar ihren Liebhaber her. Würde sie ihn wirklich tief lieben, so wie mich, wäre ich nicht den Aufwand wert. Schön, so kann ich mich endlich ganz meinem Krebs widmen.“

Wieder einmal hatte Anja keine Lust, den Patienten auf der Urologischen zu konsultieren, doch der Stationsarzt bat sie. Es sei notwendig, da Herr Koch ab morgen ein paar freie Tage hätte und neue Konflikte zu erwarten wären. „Du musst doch,“ so sagte Dr. Peter Locke, „diesem Patienten begreiflich machen, dass er nicht mit den Schwestern herumspringen dürfe, wie er dies zu Hause täte.“ Ganz persönlich gesagt, ging dies Dr. Peter Locke natürlich gar nichts an, doch die Schwestern seiner Station drängten ihn zur Tat.

„Übrigens, können wir sowieso nur noch operieren, denn sein Zustand hat sich rapide verschlechtert. Reden Sie mit ihm, er soll Montag unters Messer. Sie sind doch eine Frau. Er stirbt sonst.“

Arschloch, hätte Anja fast spontan geantwortet und: „Mein Abschlußbericht liegt Euch doch vor. Ihr wisst was ihr zu tun habt!“ Aber nicht jeder Blödmann ist einen Streit wert. So sagte sie „Okay.“

Muss er Psychologe sein, um zu erkennen, dass dieser Patient nur Aufmerksamkeit braucht? Die Urologen handwerkeln mit den Chirurgen um die Wette, und ich muss weiter den seelischen Mülleimer spielen.

Na ja, ich habe dem Herrn Semael sowieso versprochen wiederzukommen. Vielleicht hat er wirklich niemanden mehr, außer mich.

Sie öffnete die Patiententür. Die Sonne blendete. Gut gelaunt hob sie an:

„Guten Morgen, Herr Semael. Gut geschlafen? Ich ziehe ein wenig die Gardine zur Seite.“

Sie tat es.

„So. Es ist wirklich ein wunderbares Wetterchen draußen.“

„Wunderbares Wetterchen, finden Sie?“, wiederholte er langsam und mürrisch.

„Es ist erst Mitte April, wenn die Sonne weiter so sticht, wird es viel zu trocken. Nein, nichts ist wunderbar für mich, denn die Wirkung der Schmerzmittel lässt täglich nach. Dafür treten die

Nebenwirkungen stärker in den Vordergrund. Aber ich will nicht jammern, sonst behalten Sie mich in schlechter Erinnerung. Außerdem muss ich mit meinen geschwächten Körper behutsam umgehen... Buh... Das Reden sprengt mich an," stammelte der Mann, dessen blassgelbe Haut nur um seine Knochen gelegt schien. Ja, seine Sätze werden länger, dachte sie. Nun ist sein Schädel ganz kahl, die Augen liegen tief im ausgezehrten Gesicht. Lange macht er nicht mehr.

„Aber wie geht es Ihnen, Frau Doktorin?", lenkte er freundlich ab, weil er bemerkte, wie ihr strahlendes Gesicht sich befremdend verengte.

„Mhm, danke gut, bis auf kleine Zahnschmerzen und kleine Schwermütigkeiten, die ich ab und zu habe, aber die bringen mich nicht um", lächelte sie ihren Charme heraus, da sie sich plötzlich ihrer Taktlosigkeit bewusst war.

„Mein Krebs bringt mich um. Aber trotzdem werde ich Eure Hilfe nicht billigen. Ich muss sterben und lieber sterbe ich schnell, und lasse mich nicht unter Euren Messern in eine vernarbte Mumie verwandeln. Solange ich frei entscheiden kann, habe ich keine Depressionen. Ja, ich entscheide noch, lebe, liebe. Ich habe nachgedacht. Ich liebe sehr wohl das Leben. Obschon ich heute noch besessen bin von einer Frau. Ich habe heute morgen erst einen Liebesbrief von ihr bekommen. Aber ich halte sie nicht fest und sie mich nicht. Da bin ich nicht so wie Sie."

Er zeigte auf die Ärztin.

„Stop, Herr Semael," rechtfertigte sich Anja blitzschnell.

„Ich halte meinen Mann nicht fest. Wir haben freiwillig geheiratet
und leben auch freiwillig zusammen. Wir wachsen gemeinsam.
Obwohl wir uns momentan nicht verstehen,
lieben wir uns. Verstehen Sie?"

„Ja, gemeinsam wachsen, das ist was anderes, und dass Sie lieben
können, glaube ich auch. Bitte verzeihen Sie meine Provokationen.
- Das ist eine Unart von mir, auf diese Weise Fragen zu stellen.
Aber es hilft. Ich erfahre mehr über Menschen, wenn ich Sie reize."

„Herr Semael, ich bin die Ärztin, lassen Sie mich die Fragen stellen.
Zum Beispiel fällt mir gerade jetzt eine wesentliche ein: „Sie lieben
eine Frau, und diese Frau liebt Sie auch, warum wollen Sie dann
sterben?"

Angelo Semael ließ mit einem langen Seufzer, seine rechte Hand
auf das Bett fallen.

Langsam und bedächtig hob er an: „Ich möchte, dass wir Freunde
sind und uns die Wahrheit sagen."

„Natürlich."

Sie legte ihre Hand auf die seine.

„Wie ist Ihr Vorname?"

„Anja. Aber, ich möchte nicht, dass Sie mich duzen."

„Na gut. Nur dieses Mal. Ich sage Dir jetzt die Wahrheit. Anja, es
ist eine unglückliche Liebe. Sie hätte es aber nicht sein müssen. Ich

nahm die Zuneigung von Anfang an nicht ernst genug. Nun, da ich dies jetzt weiß, verachte ich mich. Ich tat meiner Liebsten schreckliche Dinge an. Ich kann nicht viel darüber reden, denn meine Dummheit schmerzt zu tief...

Aber ihr, redet ihr über das, was wächst in eurer Ehe? Ich meine, redet ihr wirklich über eure Veränderungen in der Ehe, beziehungsweise: warum ihr zusammen seid, ohne die Wörter Liebe, mögen...“

„Bitte Herr Semael! Das geht zu weit! Ich möchte über Sie reden.“

„Also, nicht? Sei bitte ehrlich, ich bin es auch.“

„Wir brauchen das nicht, wir müssen nicht immer und über alles diskutieren... In einer Ehe macht man Kompromisse, das weiß jeder...“

„Redest Du auch nicht über Deine Gefühle? Meine Liebe ist daran gescheitert.“

„Lassen Sie das! Das geht Sie alles gar nichts an!“

Sie stockte, denn sie erregte sich zu sehr und versuchte nun Halt zu finden.

Eine Schwester kam in das Zimmer und wechselte den Tropf aus.

Er lachte der Psychologin ins Gesicht.

Wie schaffen es die Leute nur, so naiv zu sein? Sie verhält sich nicht wie eine Psychologin; offensichtlich macht sie zur Zeit eine Krise durch. Ich weiß nicht, ob sie sich helfen lassen will.

Ihr hingegen kreuzte es im Kopf: Für einen Halbtoten ist er viel
zu munter.

Die Schwester verließ das Zimmer.

„Ich muss Ihnen etwas sagen. Ich weiß nicht wie ich es anfangen
soll... Ich denke viel über Sie nach. Mehr als ich müsste. Ihr Fall ist
klar: Sie haben die Gabe die Dinge zu wenden und zu drehen, so
dass es für Sie ins rechte Licht passt. Diese Gabe haben viele
Menschen, ohne von ihr zu wissen. Aber Sie wissen genau, was
Sie tun. Sie benötigen meine ärztliche Hilfe nicht. Und Sie haben
wahrscheinlich noch eine Begabung, die es Ihnen erlaubt, meine
derzeitigen Probleme aufzustöbern. Sie sind wie ein Stein, der in
mir eine Lawine auslöst. Sie haben recht, mein Eheleben ist wirklich
trist. Das Schlimme ist, dass es immer schon trist war, ohne mir
bewusst zu sein. Die einzige Erklärung, die ich dafür habe, ist: ich
suchte diese Öde. Normalerweise gebären Frauen in so einer Ehe
Kinder und haben den Tag über mit Planen und Ablisten zu tun.
Die innere Leere lässt sich die erste Zeit ignorieren, später wird sie
dem Partner zugeschoben und wenn er oder sie dann abgeschoben
ist, gibt es die phantastische Chance der Wiederholung aller Fehler.
Herr Semael ich hatte Glück, Sie noch zum rechten Zeitpunkt
kennengelernt zu haben. Sie sagten: Liebe kann etwas anderes als
Norm sein. Ich bedanke mich für diesen Ratschlag. Denken Sie
nach, vielleicht wartet noch eine große Liebe auf Sie. Ich weiß

nicht genau, warum Sie sterben wollen, aber klar ist, dass Sie mir fehlen werden.“

Pause. Beide sagten nichts.

„Herr Semael, ich habe Zeit verschwatzt. Ich muss jetzt gehen.“

„Schade, ich habe nicht mehr so viel Zeit, ich hätte Ihnen gern mehr geholfen, Ihre Mystiken zu entschleiern. Ich bitte Sie, seien Sie nicht zu streng mit sich, sonst verbittern Sie sich das Leben. Und gerade das soll doch süß sein. Sehen wir uns wieder?“

„Ja, sobald ich Zeit habe, komme ich wieder... und dann werde ich Ihre Mystiken ein wenig entschleiern“, gab sie zurück, blickte seitlich nach unten und sagte weiter:

„Ich kann schwer akzeptieren, dass Probleme unlösbar sein sollen, wenn für mich die Lösung möglich scheint. Ich glaube nunmehr, von uns beiden sind Sie der größere Lügner.“

Und sie verschwand in der richtigen Welt, raus aus dem geweißten Patientenzimmer und hörte im Gehen noch das kratzige Lachen Herrn Semaels.

Es war schon am Abend, als Sean Paul leicht an die Patiententür klopfte. Er wartete nicht auf ein Zeichen von innen, sondern hatte es eilig und schlüpfte hinein. Angelo erschrak, da er weder Besuch erwartete, noch das Klopfzeichen unter seinen Kopfhörern gehört hatte.

„Ich ahnte, Du würdest irgendwann noch einmal in Berlin aufkreuzen. Es war nicht sehr klug von Dir, mich nicht empfangen zu wollen. Ich möchte Dich warnen. Es wird ein Verfahren gegen Dich als Mörder geben. Man wird John und mich vernehmen und Dich suchen.“

„Ich bin ein todkranker Mann, mir kann niemand etwas. Habe mit dem Leben abgeschlossen. Der Abschiedsbrief an meine Familie ist geschrieben. So ein Verfahren dauert lange und außerdem habe ich nichts mehr zu verlieren.“

„Das ist wahr, wenn Du stirbst, verliert sich das Ganze, doch wenn nicht -beziehungsweise nicht schnell genug, ist es fraglich, ob Du den Fragen psychisch gewachsen bist. Die Deutschen sind sehr genau. Du weißt, ein Wort von Dir über meine Kooperation mit dem Ministerium - und Sabine, Deine Frau und Deine Kinder waren einmal. Du hast mir viel zu verdanken, also lass uns als Freunde scheiden, sonst übernehme ich das Scheiden. Dein Grab ist so oder so geschaufelt. Mach Dir Gedanken, wie Du die anderen am Leben erhältst.“

Damit hatte Sean Paul das zu Sagende auf den Punkt gebracht und verabschiedete sich kurz, freundlich, unverbindlich und trat aus dem Zimmer heraus. Auf dem Gang begegnete er Herrn Koch.

„Das war aber ein kurzer Besuch.“

„Ich bin sicher Sie kümmern sich bestens um meinem Freund.“, erwiderte Sean Paul und verschwand gänzlich von der Station.

David Angelo Semael senkte langsam den Kopf. Vorsichtig schob sich eine Träne über seine Wange. Da war sie wieder, seine Vergangenheit; eben noch hatte er lustvoll an seine Psychologin gedacht - wie schön die Spielerei mit ihr doch war - und nun musste er Angst haben, nicht zu viel zu erzählen. Würde sie auch in Lebensgefahr sein, wenn Sean sie kennen würde?

Acht Jahre Ehe. Acht Jahre Kompromisse, die nun wie trockenes Holz zu zerbrechen drohten.

Sie schworen sich doch, sich nicht voneinander zu trennen. Und nun kommt so ein VORÜBERGEHEND. Vorübergehend Distanz wird vor - oder über, aber auf alle Fälle weggehen; wird sich vielleicht verlieren - Friedrichshain kann groß sein - man kann sich vielleicht übergehen, etwas Neues vorfinden, etwas die Sinnlosigkeit übergehen.

Ach, wenn sie doch nur bloß die Zahnschmerzen hätte. Er würde sie beruhigen, bis es vorübergeht. Aber ein VORÜBERGEHEND ist nicht zu beruhigen.

Sie will ihre Gedanken ordnen, sagte sie. Das ist kein Zahnschmerz. Zahnschmerzen sind nicht vorübergehend zu ordnen.

Vorübergehend will sie WAHRSCHEINLICH in einen Friedrichshainer Hinterhof ziehen, um ihre Liebe zu testen. Die neue Wohnung ist gleich hier in der Nähe. Eine Freundin hatte Beziehung. Vorübergehend, also kein gemeinsames

Lebenswachstum mehr. Aber warum? Schließlich hatte er doch alles, was sie brauchte? Das war 8 Jahre gut gegangen. Warum jetzt nicht mehr? Will sie mehr? Na was denn? Was bildet sie sich ein?! Matthias Cars wusste auf die Fragen seiner Frau nichts zu antworten und Anja nichts auf seine. Nichts wurde geklärt. Durchschnitt, dachte Anja, alle Bücher umsonst gelesen, alle Träume umsonst verwirklicht, jedes Gespräch und jede Idee: alles umsonst. Durchschnitt.

Vorübergehend musste Matthias Cars dulden, was seine Frau anordnete.

Vorübergehend dachte er noch einmal über seine Rolle nach.

Natürlich veränderte er sich im Laufe der Ehe, doch das war notwendig, um sich einzuordnen und um seine Frau letztendlich auch zu behalten. Rollenspiele sind Kommunikation, an denen man sich orientieren kann.

Auch Anja, so glaubte er, mochte die selbstbewusste Art, die er sich im Schwund der Zeit erarbeitete; auch wenn er manchmal ein wenig tollpatschig und hilflos wirkte, sobald Kinder in seiner Nähe waren. Doch nun liebt sie ihn nicht mehr, was war passiert?

Wo war nun der Fehler?, dachte er und dachte auch, dass er so eine Frau schwer wiederfinden könne, die alleinstehenden Frauen in seinem Alter hätten alle einen Knacks weg und wären schwer biegsam. Deswegen musste er unbedingt um seine Frau kämpfen, dachte er, vorübergehend.

Einer der schönsten Frühlingstage schien in das Büro der Station 7, in dem Anja saß.

Die Helligkeit des Tages bereitete ihr keine Freude. Sie brütete über ihrer Situation, ohne zu einem Ergebnis zu kommen. Ihre nervenden Zahnschmerzen brachten ihre Gedanken immer wieder zum Ausgangspunkt zurück. Sie drehten sich im Kreis. Und das mussten sie auch, das wusste Anja, denn wenn eine Psychologin ihre Distanz zu ihren Patienten verliert, ist das eine traurige Sache - nein, keine traurige Sache, sondern sie war unfähig, als Ärztin weiter zu arbeiten.

Vielleicht sollte ich mir ein bisschen Urlaub verordnen, dachte sie und besann sich wieder auf ihre Unterlagen. Es war ein ganz normaler Mittwoch, und es gab viel zu tun, und sie hatte eigentlich keine Zeit, über private Dinge nachzudenken. Punkt.

Sie beschloss für heute Abend, Matthias ihren Auszugstermin mitzuteilen. Was den Auftrag auf der urologischen Station angeht, so ist er eindeutig abgeschlossen.

Warum also über diesen Semael nachdenken? Nein, weg mit den Zahnschmerzen. Das Fenster auf! Luft. Ja, das ist es. Matthias müsste jetzt hier sein. So wie früher.

Wie der wohl jetzt reagieren würde? Er würde mich fragen, warum ich überhaupt noch einmal zu diesem Semael gegangen bin? Er war doch kein Fall für mich. Ich würde widersprechen: Natürlich musste er beruhigt werden - ohne Tabletten. Der Mann hatte nur eine scheinbare innere Ruhe. Wer sieht denn freiwillig und ruhig in seinen Tod?

Er hätte gerettet werden können, hätte er gewollt. Aber Schatzmatz, das verstehst du sowieso nicht.

Schade, dass unsere Beziehung zu so einem Schluss kommen musste. Oh, er würde so eine verhasste Fratze ziehen und ich würde ihm erklären müssen: der Patient bildete sich ein, krank geworden zu sein, weil er seine Freundin belogen hatte.

Kann ich nicht verstehen, würde Matthias sagen, und ich: Eben. Du musst das akzeptieren, was die Menschen glauben oder träumen, um sie zu verstehen.

Genau so würde es sein, sinnierte sie weiter fort, vielleicht würde der Stationsarzt genau in diesem Moment zur Tür hereinschauen und gebieterisch, aber zurückhaltend Bescheid geben: Das ist doch idiotisch, einem Patienten im anfänglichen Endstadium solche Geschichten abzunehmen und noch glauben zu wollen, ausgerechnet Du könntest die Situation für ihn umkehren. Lächerlich.

Knacks. Jetzt zerbrach sie den Kugelschreiber. Doch ohne gewahr zu werden, wie sich ein neuer Gedanke in ihre Träumerei schlich, griff sie nach einem anderen Kugelschreiber, um sofort die anstehende notwendige Schreibarbeit zu verrichten.

Aber schon kreisten ihre Gedanken weiter.

78

Natürlich gab es schon Ausnahmefälle, in denen Tumore zum Stillstand gekommen waren, allein durch Vitalität.

Aber nicht er. Zu spät. Er will doch gar nicht. Warum auch? Meint ja, er würde nichts mehr haben... Was immer er auch meint... oder haben will... Schluss jetzt!

Anja nahm sich eine Akte vor, die sie endlich durchsehen wollte. Wollte. Sie hätte es bestimmt auch getan, wenn nicht der letzte Fetzen ihrer Gedanken: ...was bekommt er nicht, oder was hat ihn enttäuscht?, gelautet hätte.

Was ist passiert?

Anja sprang auf und lief zu ihm.

„Ach, die Frau Psychologin kommt mich wieder besuchen," empfing sie der Patient mit der Flexüle im Arm, durch die nun pausenlos Infusionslösung tropfte. Die Stimme gesenkt, um sich auf den Kranken ein wenig einzustellen, grüßte sie: „Guten Tag, Herr Semael... Ihnen scheint es heute schlechter zu gehen," und sie zeigte auf den Infusionsständer.

Er lächelte bitter und sprach stockend: „Ich kann nichts mehr essen. Bringe alles wieder heraus. Die Metastasen müssen sich wohl im Magen zu einer Sitzung versammelt haben. Morgen wird eine Gastroskopie gemacht. Vielleicht können die Chirurgen etwas tun." Deutlich wirkte die Brauenstreifung, da die Augen um ein Leichtes eingefallen waren.

Das sonst schwarz wirkende Brauenfell war nun mit einem Graustich versehen.

Anja wollte am liebsten das Zimmer wieder verlassen.

Zahnschmerzen? Nein, Anja, Zahnschmerzen sind hier nicht angebracht. Vielleicht ist es zu spät, ihm zu helfen. Meine Fragen nerven ihn bestimmt.

Sie sah wie er unter Schmerzen schluckte.

„So jetzt ist der Frosch weg. Ich kann wieder reden. Dass Sie mich besuchen kommen, finde ich schön - oder sind Sie dienstlich hier?“

„Ich glaube, ich kann es nicht trennen. Ich habe eine Frage an Sie, die mich beschäftigt,“ Herr Semael.

„Welche?“

Interessiert zog er seine Brauen nach oben.

„Was ist passiert? Warum lieben Sie sich nicht mehr?“, platzte sie heraus.

Die Fellbrauen stiegen noch höher, doch da es nicht viel höher ging, fielen sie gleich wieder nach unten. Er drehte den Kopf von ihr weg. Sein Blick verlor sich außerhalb des Fensters.

„Warum möchten Sie das wissen, Frau Doktorin? Sie wissen doch, wie sehr es den Rahmen sprengen würde, wenn jeder Ihrer Patienten seine Leidensgeschichte daher plauderte.“

Also, Rückzieher - oder soll ich ihm noch ein wenig Honig ums Maul schmieren?

„Bitte, Herr Semael, es interessiert mich ganz privat. Außerdem möchte jeder Patient letztlich gerettet werden. Reiner Selbsterhaltungstrieb. Also reden Sie mit mir.“

„So?“

„Ich habe auch meine kleinen Lasten zu tragen. Sie können mir glauben, wie schwer ich momentan durch die Straßen laufe und immer wieder aufsehe, ob mir womöglich eine Freundin entgegenläuft.“

Sie reichten sich die Hände.

„Es ist schade, so etwas zu hören. Solange ich noch lebe, können Sie jederzeit zu mir fliehen. Sie wissen ja, ich wohne jetzt hier. Zwar kann ich Ihnen keine schlauen Ratschläge bieten, doch mein Verständnis ist Ihnen sicher. Du bist eine schöne und kluge Frau, und es wäre schön, würde es noch mehr Ärzte mit Deinem Einfühlungsvermögen geben.“

„Ach danke, was Sie mir erzählen, tut so gut. Trotzdem möchte ich die Anstandsregel SIE beibehalten. Ich schließe mich Ihrer Meinung an, jeder sollte diese Art von Verständnis besitzen, nicht nur Ärztinnen.“

„Gut, bitte leisten Sie mir einen Gefallen. Diesen Brief hier möchte ich meiner Frau zukommen lassen. Ich weiß nicht, wo sie wohnt. Können Sie das für mich regeln?“ bat David Angelo. „Natürlich, ich mach mich schlau.“, sagte Anja und schob den Brief in ihre Kittel. Doch damit war mit Angelos Bitten noch nicht genüge getan, denn er bat weiterhin, um eine Sterbehilfe. Nein, nicht irgendeine offizielle, sondern direkt von ihr. Sie sollte ihm Tabletten besorgen, damit er dämmernd aus der Welt verschwinden könnte. Anja erschrak beim Gedanken, jemanden zu töten, der durch eine Operation noch leben könnte und lehnte sofort ab.

„Bitte Frau Doktor, Sie haben mir versprochen, Sie werden mir helfen, und nun, wo ich Sie darum bitte, erzählen Sie mir etwas von einem hippokratischen Eid. Sie lassen sich nicht wirklich auf mich ein. Ihr Herz ist kalt. Sie benutzen mich nur für Ihre Studien!"

„Das ist nicht wahr!", stieß sie aus, hatte aber in der nächsten Sekunde wieder das Gleichgewicht gefunden.

Die Psychologin nahm wieder die Hand Semaels und erwiderte: „Ich helfe gerne, aber zum Wohl des Patienten, nicht zum Tode des Patienten hin. Ich bin eine Helferin, keine Richterin über Leben und Tod. Ich werde Ihnen keine Tabletten geben."

Angelo verzog sein Gesicht. „Sie helfen mir doch zu meinem Wohle hin, wenn ich keine Schmerzen mehr ertragen muss!", hob er die Stimme an. Aber er war schon zu schwach, und das versuchte Geschrei war nur Gekrächze. Schwer und kraftlos sank er in das Kopfkissen. Für einen Moment schloss er die Augen.

Der Wind schlug die Äste des nahestehenden Kastanienbaums gegen das Fenster. Es dunkelte langsam. Vielleicht wird es regnen, dachte Anja. Habe ich noch einen Schirm

im Büro? Na ja weiter.

„Herr Semael, solange Sie noch lieben, oder sich freuen, wenn ich komme (zum Beispiel), hat das Leben noch seinen Wert, glauben Sie mir. Über solche wichtigen Dinge wie Leben und Tod, muss die Natur entscheiden. Sie macht es recht.“

„Braves Mädchen, schön auswendig gelernt. Sie wollen mir nur nicht helfen, da Sie mich lieben. Ja, genau so ist es! Sie sind zu egoistisch und können nicht loslassen!“

„Herr Semael, beruhigen Sie sich. Das Sterben ist die einzige gerechte Sache auf der Welt. Sie sterben zu früh. Und Sie wissen, warum. Bitte erzählen Sie mir von Ihrer unglücklichen Liebe, die Ihnen das hier eingebracht hat.“

Anja schaffte es wieder, gelassen einen Bogen zu ziehen. Angelo ließ sich mitziehen.

Er mochte die schöne, dunkelhaarige Frau.

Ich würde mich in sie verlieben, wenn ich nicht sterben müsste, sagte er sich. Ihr Bemühen, ihre Ernsthaftigkeit, war einfach bewundernswert. Sie bemerkte alles, ließ nicht locker, setzte sich durch und schien ihn zu durchschauen. Konnte sie natürlich nicht wirklich, denn sie wusste ja nichts von dem Mord am Kassierer, von den barbarischen Drohungen Sean Pauls und dem Spinnennetz, in das er aus finanzieller Not hineingeflogen war.

„...Sie fragen mich also, was passiert ist. Es fing an, als nichts mehr passierte. Ich meine, zwischen mir und meiner Freundin. Sie war 12 Jahre jünger als ich. Ich war der, den sie zum ersten Mal richtig liebte. Sie war eine großartige Artistin, mit einem wunderbaren Körper. Sie war charmant, spritzig, neugierig, naiv und witzig. Dunkle lange Haare. Sie sehen ihr sogar ähnlich; hätten Sie Witz und Lebendigkeit, würde ich Sie für Schwestern halten. Na gut. Wir sahen

uns jeden Tag - wir arbeiteten zusammen - wir schliefen zusammen -waren zusammen krank und langweilten uns zusammen. Bruder und Schwester. Mutter und Sohn. Vater und Tochter. 98594 lange Jahre des Reisens und der Aufrechterhaltung verheiratet und nie erwachsen. Letztlich waren wir zu lebhaft und zu langweilig für uns beide. Wir wussten natürlich, dass die Monogamie mehr Totschlag - und Selbstmordopfer hatte als die Millionen von Toten des Kommunismus, und doch - so dachten wir wirklich - war es bei uns ganz anders und der Tod würde bei unserem Anblick Depressionen bekommen.

Wir versuchten, uns zu öffnen, da wir zu sehr ineinander verhakt waren, lebten später mit verschiedenen Sexualpartnern, - doch ohne Geheimnisse. Die Offenheit war das wichtigste, was uns verband. Es klappte zunächst - wir erzählten uns alles – bis sie sich in einen Freund von mir ernsthaft verliebte. Die schöne, promiskuitive Zeit war vorbei; ich zerfraß mich vor Eifersucht. Mit ihrer brutalen Naivität erzählte sie mir jede schmutzige Einzelheit und ich zerbrach immer mehr. Es ging ab da immer schneller und deftiger. Szenen. Ekstasen. Alkohol. Sie verschwand mit ihm.

Ich hetzte ihnen nach. Die ersten Vorstellungen fielen aus. Später löste sich der ganze Zirkus auf, so dass ich ihn notgedrungen verkaufen musste. Ich bekam nichts mehr geregelt. Ich hatte sie verloren. Zu alt, zu müde, zu schlaff. Ich hatte den Zirkus nicht mehr. Ich hatte - nein - bekam Nierenkrebs. So schnell geht das manchmal."

Hier endete er und schaute sie mit eingefallenem Gesicht und vertrauenden Augen an. Ein Hund, ein treuer Hund, schwirrte es durch den Kopf der Psychologin, die sich aber sofort wieder besann.

Sie schwieg und fühlte sich auf einsamste Weise an die Frage erinnert: Was wird nach der Trennung von Matthias? Wird er Szenen machen, oder wäre es ihm egal? Bedrückend.

Sie war niedergeschlagen. Die Zahnschmerzen waren nicht zur Stelle, sie aufzurütteln oder ihre Gedanken wieder in die gewohnte Kreisbewegung zu bringen.

„Meinen Sie, alles ändern zu können? Sie haben bis jetzt nichts geändert und deshalb hassen Sie sich, da Sie den Verlust nicht ertragen können. Der Tumor ist eine organische Sache, die zufällig zu diesem Zeitpunkt gewachsen ist. Es gibt nichts und niemanden, der mit Krankheit straft, auch unser Schuldbewusstsein nicht. Wie wäre es, wenn Sie sich verzeihen würden und die Sache als gelaufen ansehen. Vielleicht sollte alles so kommen, und Sie hatten niemals einen Einfluss darauf? In Ihrem Falle kann es nicht verkehrt sein, sich zufrieden zu geben und das Positive - die Erfahrung - anzunehmen", versuchte die Psychologin zu resultieren.

Eine kluge normale Frau, die wie eine Maschine mit den neuen Tatsachen geschickt modelliert. Mehr werde ich nicht sagen. Sie kann mir eh nicht helfen.

„Mehr gibt es nicht zu erzählen. Ich hoffe, Sie sind zufrieden. Alles andere sind Ihre Vermutungen und weiter nichts."

„Zufrieden?...Sie haben einen eigenartigen Humor..."

„Entschuldigung, Frau Doktor, ich muss mal dringend auf den Schieber. Drücken Sie bitte auf den Klingelknopf." Er zeigte mit der Hand auf einen Rufdrücker, der heruntergefallen auf dem Boden lag.

„Wir brauchen doch nicht die Schwester zu rufen. Ich setze Sie auf den Schieber."

„Nein, das will ich nicht."

Er schämte sich in dieser Beziehung vor ihr.

„Na gut. Ich will sowieso weiter. Ich habe jetzt 4 Tage frei. Die Gelegenheit werde ich nutzen, um Ihre Frau ausfindig zu machen. Ich komme Sie Montag noch einmal besuchen Vielleicht weiß ich bis dahin genaueres. Tschüs. Bis dann."

Sie rief die Schwester und teilte ihr Herrn Semaels dringendes Bedürfnis mit. Die Schwester rief eine Schwesternschülerin, die sich sofort in die Arbeit stürzte.

Der Urologe betrat mit einem Tablett, auf dem diverse Spritzmedikamente lagen, das Patientenzimmer.

„Medizin gibt es, mein Guter!", grüßte er fröhlich.

„Ah Peter, ich habe es diese Nacht wieder nicht vor lauter Schmerzen ausgehalten. Der Nachtdienst musste mir noch ein Schmerzmittel spritzen."

„Na ja, jetzt bekommst Du gleich noch etwas, aber dieses Mal laut Plan. Du siehst nicht gut aus. Hast Du nach der Spritze nicht schlafen können?"

„Nein, nein. Es wird Nacht für Nacht schlimmer. Du, Peter, höre mal zu. Heute kommt mein Enkel mich besuchen. Ich will ihm einen kleinen Gefallen tun, damit er mich gut in Erinnerung behält."

Der Urologe spritzte langsam das Schmerzmittel in die flexible Kanüle und hörte zu. „Du musst für mich ein klein wenig vergesslich sein, dafür gebe ich Dir diese Adresse."

Er hielt dem Urologen ein Papier hin. Dieser nahm es an, ohne einen Blick zu mühen.

„Geh hin, sage, Du kommst von mir und sprich mit René. Er ist mir noch einen kleinen Gefallen schuldig. René hat die besten Frauen von ganz Berlin. Du kannst Dir eine aussuchen und alles mit ihnen machen."

„Na gut, und was soll ich für Dich machen?", fragte Peter und steckte sich die Adresse in den weißen Kittel.

„Lass mich ausreden! Nichts sollst Du für mich machen. Das ist es ja! Du gehst jetzt einfach aus dem Zimmer und vergisst eine leere Spritze mitzunehmen, denn diese will ich meinem Enkel schenken. Der spritzt gerne mit Wasser. Du verstehst?"

Der Urologe verstand und nickte, legte eine gebrauchte 20 ml-Spritze neben das Tablett auf den Nachttisch und ging hinaus.

Peter hatte Nachtdienst. Das heißt, er hatte von Mittwoch früh bis Donnerstag Mittag zu arbeiten.

Meistens konnte er dann, wenn nichts los war, zwei - drei Stunden im Büro schlafen. Doch diesen Donnerstagmorgen weckte ihn die Schwester, gegen vier Uhr wegen eines Patienten mit einer Nierenkolik.

Die akute Kolik jammerte und stöhnte, bis endlich nach zwanzig Minuten die Medikamente wirkten. Das Schmerzmittel verfliegt in so einem fetten Körper, dachte Peter. Vielleicht ist er noch leichter Alkoholiker, und es wäre kein Wunder, wenn er deshalb in einer Stunde eine neue Spritze bräuchte.

Jetzt noch hinlegen und schlafen lohnt nicht mehr, denn der Frühdienst kommt in zwei Stunden.

Er fand einen Zettel in seiner Kitteltasche und las ihn.

Puff. Rigaer Str. 64.
Russische Mädchen. 18 Jahre. 60.-DM. Bei René melden.

88

Ha, dieser Semael, ich sehe ihm an seinen Augen schon an, wie gerissen und dunkel er ist.

Vielleicht schläft er jetzt nicht und ich kann mich mit ihm ein wenig amüsieren. Bei dem lerne ich noch einiges dazu. Umsonst wird keiner Zirkusdirektor. Ich sehe mal nach.

Leise öffnete er die Tür einen Spalt weit und blieb starr stehen.

Atmet er, oder ist er tot? Ach, er schnappt schwer nach Luft.

Peter ging in das Zimmer hinein und sah das Unglück. Das Infusionssystem war von der Flexüle, die in den Arm gestochen lag, getrennt. Die Lösung war aus der Flasche auf den Fußboden gelaufen. Inmitten der Pfütze lag die 20 ml Spritze. Peter rüttelte an Herrn Semael herum, rief zwei - dreimal: „Herr Semael, hören Sie mich?“, und begriff die Situation als versuchten Selbstmord. Hat der sich tatsächlich Luft in die Vene gespritzt. Dummkopf, 20 ml reichen da nicht, um die Krankenkasse glücklich zu machen. Ach, warum soll er sich noch länger quälen?

Er hob die Spritze auf, zog Luft hinein, steckte sie in die Flexüle und drückte die Luft in die Vene.

Auf dem Stationsflur waren Schritte zu hören.

„Was ist denn hier los? Ach, Sie sind es.“ Die Nachtschwester stand hinter ihm. Schnell ließ er die Spritze auf das Kopfkissen fallen, nahm das Infusionssystem in die Hand und verband es mit der Flexüle.

„Haben Sie nach mir gerufen?“

„Nein - Jaja. Herr Semael hatte einen Anfall“, stotterte er.

„Wird es wohl nicht mehr lange machen... wir nehmen ihn heute gleich als erstes zur Gastroskopie dran.“

„Wie sieht denn das hier aus?“, stieß die Schwester aus.

„Er riss sich alles ab, während des Anfalls. Ich hänge ihm eine neue Infusionsflasche an. In der Zwischenzeit können Sie das hier sauber machen.“

Schnapp. Pause. Plötzlich schnelles flaches Atmen. Tiefes Luftholen. Eingefallene Wangen. Deutliches Skelett. Die Haut färbte sich gemächlich gelb.

Schon Sonntag zog Anja in ihre neue Wohnung. Ihre Freundin half ihr. Matthias störte die beiden Frauen nicht, denn er war arbeiten. Sein Wochenenddienst lohnte zwar nicht bemerkenswert, doch gegenüber seinem Arbeitgeber störrisch zu sein, hatte für ihn selbstredend keinen Zweck. Überhaupt war seine Arbeitsstelle nur erhalten geblieben, weil seine Firma im Verhältnis zu weiteren Werken einen zu geringen Umsatz brachte, um Matthias maschinell zu ersetzen und damit effektiver produzieren zu können.

Es war also deutlich abzusehen, dass er nach und nach seine Kollegen, die ja ebenso seine Freunde waren, verlieren würde.

In so einer sichtbar kommenden Situation sind, beständige menschliche Beziehungen lebensnotwendig.

Nun bezog Anja also auf der ersten Etage ein Hinterhaus in typischer Berliner Bauart. Für Matthias begann der Terror des Verlustes.

Einraum, Innentoilette, eine Dusche mit Warmwasser (den Gasboiler baute der Vormieter schon ein), ein Telefon, war allein für Anja vorhanden. Also, alles in Ordnung - bis auf die Kohlenschlepperei und den Aschestaub. Vielleicht zieht sie im Winter wieder zu Matthias. Aber eine kleine Pause musste sein!

Matthias wimmerte die letzten Tage in Anjas Ohr: Ich verstehe das nicht. Ich schaffe das nicht. Ich will das nicht.

Er sollte ihr versprechen, sie drei Monate lang nicht zu sehen.

Er erstickte fast vor Wut und musste doch schlucken. Dies tat er in seinem Zimmer, in welchem er sich mit lautem Knall, verschloss. Jetzt ist er geplatzt, bemerkte Anja ironisch. Nach ungefähr einer halben Stunde riss er seine Tür auf.

„Du bist so feige, Anja. Stell Dich doch dem Problem und renne nicht weg! Du rennst immer weg! Wir müssen das gemeinsam machen! Andere Leute gehen nicht wegen eines gedanklichen Unwohlseins, einer Fiktion, auseinander."

„Wir müssen gar nichts. Ich werde mich zu nichts zwingen. Das habe ich nicht nötig!"

„Dann wirst Du nie beziehungsfähig sein!"

„Acht Jahre, Matthias, sind wir schon zusammen. Acht Jahre ohne Bewegung in mir, außer unserer Arbeit, mein Studium und Kinder - nein, jetzt noch nicht! - Acht Jahre!"

Bei den letzten Worten schrie sie in an. Er traute sich nicht mehr etwas zu sagen, sondern litt still und demonstrativ.

So drehten sich die letzten Tage. Kein Wunder, dass die kleine Hinterhauswohnung für Anja die Befreiung zu sein schien.

Nachdem die beiden Frauen das wenige Mobiliar endlich in der Wohnung verstaut hatten, setzten sie sich in die Küche, um eine Schale Einweihungskaffee zu trinken.

Ihre Freundin Katja blickte um sich.

„Buh. Das alles ohne Mann. Siehst Du, es geht auch ohne Männer."

Sie schlürfte den türkisch gebrühten.

„Ich will es hoffen. Ist ja nur für eine kurze Zeit."

„Du willst wieder zurück? Du machst einen Rückzieher? Überstürze nichts!"

„Nein, nein. Ich werde mich nur allein fühlen. Ich habe zu oft Depressionen. Vielleicht habe ich gerade jetzt etwas überstürzt oder ein wichtiges Detail übersehen. Weißt Du, ich fühle mich leer, als ob ich eine Maschine wäre. Niemandem würde auffallen, wäre ich plötzlich nicht mehr da. Aber vielleicht gibt sich das jetzt. Außerdem stecke ich noch zu tief drin, um sagen zu können, ob ich ihn nun liebe oder nicht."

92

„Das ist klar. Freiheit will erkannt werden. Aber: Du und eine Maschine! Ha! Maschinen trennen sich nicht von ihrem Bediener. Suche Dir erst einmal einen richtigen Mann. So mal für kurz... Das hilft, glaub mir. Angebote wirst Du ja genug haben."

Richtiger Mann? Peter, der Urologe - nein.

Katja sieht auch gut aus, kennt sich aus mit richtigen Männern, besitzt ja auch einen guten. Sie hat Erfahrung.

„Ich bin nicht von Matthias gegangen, um gleich mit dem nächsten ins Bett zu fallen. Ich brauche Ruhe und Abwechslung. Vielleicht können wir zusammen etwas unternehmen, jetzt wo niemand mehr hindert und eifersüchtig ist."

„OK, aber Torsten lass ich zu Hause auf Ron aufpassen," sagte sie lachend. Beide versprachen, sich so bald wie möglich anzurufen.

Katja ging Ron aus der Kita abholen und ließ Anja allein.

Allein schob und räumte sie das Mobiliar um die Ecken. Allein aß und trank sie.

Allein legte sie sich auf die Matratze. Das Telefon schrillte. Wer hat meine Nummer? Sie zögerte. Der Anrufbeantworter ging in Betrieb. Doch es wurde wieder aufgelegt, ohne eine Nachricht.

Anja war todmüde.

Morgen muss ich wieder arbeiten. Morgen...

Sie schlief.

Am nächsten Morgen sah Anja nach Angelo. Doch das Patientenzimmer war fertig für einen neuen Patienten gemacht worden. Kein Hinweis auf David Angelo.

„Guten Tag, Frau Doktor Cars," grüßte die Stationsschwester.

„Hallo. Ist denn der Herr Semael verlegt worden?"

„Nein, Sie hatten ja frei, er ist am Donnerstag Vormittag während der Gastroskopie verstorben. Herzversagen."

„Ah."

Anja brach innerlich, doch behielt äußerlich Beherrschung, denn es war klar, irgendwann würde auch einmal einer ihrer Patienten sterben. Keine Nähe, nur keine Nähe mehr. Sie verschwendete schon genug Gefühle.

Sekunden vergingen, bis die Stationsschwester fragte: „Ist irgend etwas? Wollten Sie noch etwas von ihm?"

„Nein, nein. Alles in Ordnung. Es hat mich nur überrascht. Danke. Bis bald... Auf Wiedersehen."

Anja kam vom Einkaufen zurück und sah flüchtig einen Schatten in das Haus schlüpfen, in dem sie wohnte. Die schnellen hastigen Schritte kamen ihr bekannt vor.

Sie lief schneller. Tatsächlich, er war es.

Auf dem Hinterhof sah sie ihren Mann zu ihrer Wohnung gehen. Doch nicht erst vor ihrer Wohnungstür wollte sie ihn zur Rede stellen, sondern gleich hier vor den Augen der Hofgardinen.

„Was machst Du hier?", rief Anja barsch. Matthias drehte sich zu ihr und rechtfertigte sich sofort, mit größter Überraschung, die sich mit einem kleinen Zucken der Mundwinkel verriet:

„Ich war zufällig in Deiner Nähe. Habe einen alten Freund besucht und dachte..."

„Soso, einen alten Freund, den ich nicht kenne? Also einen, den Du 8 Jahre lang nicht erwähnt hast?", unterbrach Anja ärgerlich ihren Mann.

„Abgemacht waren drei Monate, in denen wir uns nicht sehen wollten."

Drei lange Monate. Matthias hielt nicht einmal eine halbe Woche aus, ohne sie zu sehen, beschrieb er ihr mit großen Worten.

Anja fiel ein, dass Herr Semael jetzt bestimmt über die Macht der Gewohnheit lästern würde, würde er diese Szene von oben sehen.

„Ach, der Brief! Ich muss die Frau persönlich aufsuchen.", sagte Anja leise vor sich hin. Doch schon unterbrach der lebendige Matthias ihre Gedanken an den Toten.

Er schrie sie an: „Du wolltest mich nicht sehen! Ich liebe Dich und kann schlecht ohne dich..."

„Was soll das? Es ist kalt, und ich habe keine Lust auf einen Streit."

Sie hatte Zahnschmerzen, sie kam von der Arbeit, sie wollte in Ruhe gelassen werden, doch als er: „Ist schon gut. Lädst Du mich in Deine neue Wohnung auf einen Kaffee ein?", sagte, ließ sie sich darauf ein.

Beide gingen zu ihr in die zweite Etage des Hinterhauses.

Matthias sah sich die kleine Wohnung mit verhaltenem Kritikerblick an und dachte: Zuhause hätte sie es gemütlicher. Vorsichtig fragte er, ob sie sich eingelebt und schon Bekanntschaften gemacht habe, worauf sie erzählte: „Ich kenne bis jetzt zwei Leute. Vielleicht wohnen hier auch nicht mehr. Über mir wohnt ein verwirrter junger Mann. Kai heißt er. Kai November. Ich habe ihn nachts kennengelernt, als er, um sich zu ernüchtern, den Kopf in das Waschbecken steckte und das Becken dabei herunterriss. Es regnete in meiner Küche. Aber er ist ganz lieb. Ein kleiner chaotischer Maler mit vielen Problemen.

Der Typ unter mir, ist auch ein relativ junger Mann, - oder vielleicht mittleren Alters, der kauzig scheint. Ich höre das Knarren der Dielen, wenn er hinter der Wohnungstür steht und mich durch seinen Spion beobachtet. Er spielt sich als eine Art Hausmeister auf. Als ich das erste Mal den Herrn Neubert - so heißt er - um den Schlüssel des Zählerkastens bat, starrte er mich mit störrisch - gierigen Augen an, als ob er noch nie eine Frau gesehen hätte. Doch er sieht mich, er beobachtet mich, entweder durch seine altmodisch hässliche Gardine oder durch den Türspion. Ich habe Angst vor diesem Menschen, denn solche Spießertypen sind unberechenbar... Stell Dir vor, er hat unter seinem Fußabtreter ein dünnes Blech liegen, damit er hört, wenn jemand vor seiner Tür steht. Ich frage mich wirklich, wer lauter klappert: Er oder das Blech…"

Krach - Bums - Kling… Matthias wollte nur helfen, Kaffeetassen aus dem Küchenschrank zu holen. Der Schrank fiel von der Wand. Dabei zerbrach das Geschirr und die Scherben verteilten sich auf dem Fußboden. „Es tut mir leid, die Dübel saßen nicht fest. Ich bringe Dir das morgen wieder in Ordnung."

„Das mache ich schon selbst. Hast Du mir zugehört?"

„Ja, Du willst den Schrank selbst aufhängen."

„Vergiss es. Du musst jetzt gehen. Ich habe einen Scheißtag gehabt. Wir rufen uns an."

„Gut," brummte er, wenigstens durfte er anrufen und ging brav nach Hause. Er freute sich, sie überhaupt gesehen zu haben, denn jetzt musste sie ja wissen, wie sehr er sie brauchte.

Nur durchhalten musste er, durchhalten…

Das Telefon der Urologischen Station klingelte.

„Station 50. Schwester Klara."

„Guten Tag, mein Name ist Paul. Ich möchte gern Herrn Semael sprechen."

„Oh, ähm, das geht leider nicht mehr. Sind Sie ein Verwandter von ihm?"

„Ja, sein Schwager."

„Herr Semaels Zustand verschlechterte sich plötzlich…"

„Verstehe. Gibt es einen Nachlass? Ich meine einen Brief, den ich abholen könnte –oder weiterreichen könnte?"

„Nachlass ja, aber an einen Brief kann ich mich nicht erinnern. Vielleicht hat Herr Koch- der hat freie Tage..."

„Herr Koch? Seinen Sie so lieb und geben Sie mir seine Adresse. Ich möchte ihn persönlich fragen."

„Darf ich eigentlich nicht, aber in Anbetracht der Umstände.." gab sie ihn die Adresse. Das Gespräch wurde beendet.

Die Neubertsche Wohnungsklingel schrillte.

Kai November kam seine Sachen abholen, die Sven für ihn, gegen 4.-DM anschreiben, wusch.

„Komm rein. Wir trinken ein Bier zusammen," grüßte Sven.

Stumm lief Kai in das Wohnzimmer.

Sven holte ein Kühles.

„Mach mich nicht verrückt und setz Dich hin! Du hast ein Problem, sag es mir", forderte er kühl, wie das Bier.

Sven wies auf die Couch, auf die Kai sich auch sofort fallen ließ. Seine Augen irrten unruhig auf den Postern der Tapetenwand umher. Die Wohnung war wieder ordentlich geheizt, obwohl es Juni war. Es war ein paar Tage ein eiskalter Juni geworden. Da Sven sich an die regelmäßige Wärme gewöhnt hatte, heizte er und war nun nur mit Unterhose und T-Shirt angezogen.

Kai wusste nicht, mit welchem Thema er beginnen sollte. Über Studium, Malerei und Kunst im ganzen konnte Kai sich mit Sven nicht unterhalten. Nur über „vernünftige Sachen" waren Gespräche möglich, wiederum jedoch unmöglich, weil Kai sich sofort fragen würde: Was ist Vernunft? Über was also reden? Kai musste sich beschränken: Über die schöne Frau, über Svens nette Wohnung, Häuser, Hunde, Frauen...? - Ach ja, sein Schlüssel.

„Hast Du meinen Schlüssel gefunden?"

„Wo hier? Ne."

„Mhm."

„Kommst Du jetzt nicht in Deine Bude?"

„Doch, irgendwie schon."

„Ach so, irgendwie."

„Äh... das ist ja ein Problem der Sichtschlitze. An den bestimmten Funktionen als den einsichtig gemachten... äh... was eben ist, in ihrer Schlichtheit..."

„Kai, soll ich Dir mal offn Kopp hauen? Rede mit mir anständig!", bellte Sven ihn an, was sogleich Wirkung zeigte, denn Kai sagte nichts mehr, sondern dachte nach, ob er sich aus sozialer, philosophischer und künstlerischer Sicht je vollständig mitteilen können würde.

Er war noch immer unruhig, als ob er jetzt etwas ändern müsste, was er schon zu lange vor sich her schob, jedoch die Wärme des Zimmers hielt ihn hier fest, weil er wusste, seine Behausung war kalt und konnte auch nicht mehr geheizt werden, da es zum einem am nötigen Geld fehlte und zum anderen die Tapete seiner Wände auch schon zerrissen und verbrannt war. Nichts war mehr da, was Wärme erzeugen konnte.

Eigentlich mochte Kai Sven und war ihm sehr dankbar, dass er für ihn die Wäsche wusch und er bei ihm für 4.-DM duschen durfte, obschon er sich immer wieder für manche Dinge rechtfertigen musste...

Kai und Sven kannten sich schon länger, und Sven wusste, wie sehr Kai ihn jetzt als Gesprächspartner brauchte, da Kai zitterte und viel zu oft die Augenlider zusammen kniff.

Langsam schlürfte er sein Bier, während Sven, ihm gegenüber sitzend, auf Kai starrte. Kai schaffte es nicht, Sven anzusehen. Sein Blick glitt zwischen dem Bier und den Postern hin und her.

„Haste die Neue schon gesehen?", hob erneut Sven an.

„Ja, Anja. Tolle Frau. Unerreichbar. Solche werde ich nie bekommen."

„Die sieht nicht schlecht aus. Was macht'n die so?"

„Ärztin."

Sven nahm noch einen Riesenschluck und stieß laut und breit auf.

„Die macht mich scharf, scheint aber eher die Einsamkeit zu lieben?"

„Mhm. Alles ist relativ."

Sven konnte ja nicht wissen, dass sich zwischen Anja und Kai eine freundschaftliche Anziehung aufbaute.

Sie mochte den immer nervösen, kaum fassbaren und hilflosen Kai und versuchte ihn manchmal, durch lange Gespräche auf seine Probleme wenigstens aufmerksam zu machen.

Währenddessen war Kai jedoch nicht zu halten, er wich aus und verlor sich in seiner Traumwelt. Doch der Erfolg dieser langatmigen Gespräche stellte sich am nächsten Tag

ein. Kai war dann klarer als die Tage zuvor.

Eine komische Freundschaft. Doch Kai war Anja in ihrer Situation als Freund viel lieber. Er stellte keine unangenehmen Fragen, lenkte sie etwas ab und reizte sogar etwas in ihr, was sie Mutterherz nannte. Das gab ihr Zeit, sich zu sammeln, das Steuer an sich zu reißen und ihre Situation zu überdenken.

Was Kai betraf, so erzählte er gern über seine Wirrungen und fand es toll, wenn sich eine Frau für ihn Zeit nahm. Obwohl er ständig mit sich zu tun hatte, bemerkte er dennoch die Mystiken und Gefühle einer normalen Frau, die sich jedoch in bezug auf ihren Mann nicht, wie eine normale Frau benahm. Sie schien ihn nicht zu hassen, machte ihm wegen der so gut wie gescheiterten Ehe keine Vorwürfe, sondern übernahm die Verantwortung für sich selbst. Das ist in Deutschland nicht üblich, dachte Kai, die meisten Frauen empfinden ihre Männer als Schweine, die sich jahrelang hinter ihrer Fürsorglichkeit versteckt hielten. Sie sind beleidigt, weil sie von diesen Schweinen geliebt wurden und letztlich auf ihre Liebe hereingefallen sind. Der Stolz der deutschen Frauen ist nur durch das stetige, rechtliche und finanzielle Aussaugen der Schweine zu befriedigen. Doch Anja saugte nicht. Sie wollte nur Zeit für sich haben. Vielleicht, dachte Kai, sind Psychologinnen anders. Anja war es auf jeden Fall.

Sven und Kai fühlten sich gleichviel einsam, obwohl Sven noch seine Kollegen in der Werkstatt hatte, mit denen er ab und zu ein Bier trank. Kai schien keine Freunde zu haben. Jedenfalls wusste Sven davon nichts.

„Sieh mal, den hier habe ich im Schrank beim Aufräumen gefunden.", erzählte Sven.

„Das war mein Stasiausweis. Jaja, ich war bei der Firma, wie wir sagten. War gar nicht mal so schlecht. Eins sage ich Dir, solche wie Du hätten bei uns nicht studieren dürfen. Nimm's mir nicht übel, aber ich bezahle Deine Scheißprofessoren von meinem Steuergeld! Ihr linken Burschen hättet bei uns keine Chance gehabt. Wir hätten Euch schon gezeigt was Ordnung und Disziplin heißt. Es ist ein Jammer, dass die militärische Vorausbildung der Pioniere abgeschafft wurde. Aber das haben nun die Kapitalisten davon, wenn sie sich mit einem Haufen Weicheiern gegen die Araber verteidigen müssen und jämmerlich einbrechen, weil die Coca Cola Lieferungen ausbleiben."

Er stand breit vor Kai und zeigte ihm die Klapppappe. Kai, dessen Nase sich 10 cm vor Svens Schwanz befand, wurde noch nervöser.

Die historische Klapppappe war für Kai uninteressant. Vielmehr hatte er Probleme mit sich selbst, alles um ihn drehte sich. Die Bilder kamen. Kai wünschte sich, Sven würde einen Schritt zurück treten.

Doch der blieb stehen, breitbeinig, die Turnhose gespannt, deutlich erahnte Kai Schwanz und Hoden.

„Na, mit Dir ist ja heute wieder überhaupt nichts los. Versuchs doch mal, wie ein normaler Mensch, mit Arbeit. Da haste nämlich keine Zeit für irgendwelche Spinnereien."

Sven setzte sich wieder auf den Sessel. Kai atmete auf.

„Ja, na gut. Das hatte ich gerade nicht vor, denn das wirkliche Problem ist die Nichtarbeit, die zu bewältigen ist..."

Doch hier platzte Sven wieder laut hervor:

„Mensch, hör uff so 'n Scheiß zu erzählen!"

Und nach einer kleinen Pause, die er machte, da er Kais blasses Gesicht sah, fragte er freundlich und gespannt ruhiger: „Sag mal, was hältst Du denn davon, wenn wir mal zusammen wieder in nen Puff gehen?" und Kai antwortete, indem er jetzt den auf dem Tisch liegenden Staatssicherheitsdienstausweis anstarrte: „Die Ausweise zur Katalogisierung von...."

„Rede anständig mit mir!"

Doch Kai verzichtete auf Anstand, denn plötzlich ging es wieder los. Alle Schlitze waren offen. Alle Bäume wuchsen auf kleinen Hügeln.

„Ich werde gerufen. Ich muss ganz schnell ein Bild malen. Sie sagen mir: Es ist wieder so weit! Vielleicht muss ich Dich malen. Dein Problem steht, doch meine Bilder drehen sich.", fiel es hastig aus ihm, während er aufsprang, seine gewaschenen Sachen packte und zur Tür lief.

So eine große, schwere, geschlossene Tür kann einen faszinieren, starrt man sie lange genug an. Sven starrte sie an, schaute Kai noch immer nach, als könnte er das Unverständliche dadurch erfassen.

4000 Steine um ihn, gegen eine halbe Packung Schlaftabletten und ein Rest Gin mit Cola. Kai November hielt die Tabletten in seiner schweißigen Hand und warf sie mit einem Schwung auf den Zungenrücken. Eine Tablette traf die Fußbodendiele. Er hob sie auf und schluckte sie - dreckumrandet - hinterher. Was machte das jetzt noch aus?

Andere Menschen kamen zurecht in ihrem Leben. Warum er nicht? Bilder, mächtige Bilder bedrängten ihn. Er musste sie er malen. Nur dadurch ließen sie sich zeitweilig besänftigen.

Anja ist gegangen, als sie Probleme hatte. Kai konnte nicht gehen.

Keine Stadt. Kein Land. Kein Schoß.

104

Kai konnte nirgendwo hin. Das verfolgte ihn. Er fühlte sich abgelehnt und ausgestoßen von der Welt.

Seit einiger Zeit ging er sogar nicht mehr in den Keller, zu dem er doch erstmals eine gute Beziehung fand, bis er in seine Kellerbox heiße Asche gekippt hatte und Sven die Feuerwehr rufen musste.

Zur Strafe für diese Situation schiss Kai auf den erkalteten Brandherd, um deutlich zu machen, dass es so nicht mehr weitergehen konnte.

Die Kohlenträger schleppten seine gebündelten Kohlen nun zu ihm hinauf. 20.-Euro Hinterhauszuschlag. 20.-Euro fürs Hochtragen. Sven sagte: „Dann lass Dir doch eine ganze Tonne bringen, damit es sich lohnt.“

Kai hatte zu wenig Platz und Geld dafür.

Er glaubte nicht mehr, alle Situationen würden eines Tages erträglich werden.

Für manche Menschen ist nie etwas gut.

Er wollte raus aus dem Körper und seine mit Samenflüssigkeit übergossenen Gedanken ertränken, irgendwo in einem stillen See, wo ein ausgehungerter Krebs die Gedanken fressen würde, um sich anschließend an unschuldigen Wasserspinnen zu vergreifen.

Kai hatte schmutzige Gedanken.

Kai war schmutzig.

Einen Menschen, der Schmutz ist, gibt es nicht.

Kai war kein Mensch.

Was wollte er denn noch hier?

Er musste es tun. Selbstmord, Selbsttod, Tod von selber, selbst schuld, schuldig des Todes, Selbstmord ist selber schuldig am Tod.

Tod ist besser als Schuld anderen gegenüber.

Kai musste normal werden, doch konnte er es nicht.

Kai musste Rechnungen bezahlen, doch konnte er es nicht.

Kai wollte die Zeit vor- oder zurückdrehen, doch konnte er es nicht.

Kai wollte schlafen, mit Tabletten konnte er es.

Farben. Traumbilder. Blitze gelb - rot.

Ein mit Muskeln bepackter junger Nacktmann stand vor einem Mädchen am Fenster. Der Kölner Dom hielt die Sonne fest.

Der Mann malte das Mädchen, welches schrill lachte und aus dem Fenster flog.

Draußen taumelten Luftballons über den Dom.

Kinder haschten danach. Sie haschten nach stinkenden Kondomen.

Und dann...

Und dann wachte Kai November auf, denn das Telefon klingelte.

Obwohl das Telefonschrillen Kai wieder aus den Träumen riss, nahm er den Hörer nicht auf.

Ansage. Piep.

„Hallo Kaichen, Anja hier. Ich habe gestern unsere Schlüssel aus Versehen vertauscht. Schrecklich, ich hätte nicht dieses Ginzeug anrühren dürfen. Na ja, bei Dir muss mein Dienstschlüssel liegen,

106

den ich dringend heute noch brauche, sonst kann ich nicht in mein Büro. Bitte rufe mich zurück, wenn Du wieder da bist. Nebenbei bemerkt, hattest Du recht, als Du behauptet hast, ich würde Matthias noch lieben, doch darum... Nein, was ist das?! Der steht auf dem gegenüberliegenden Hinterhof und spioniert in mein Fenster. Melde Dich. Tschüs."

Knicks. Knacks.

Kai war zu schwach für eine Reaktion. Ein leichter Speichelriesel lief über die bunt bemalte Matratze. Bilder drehten sich im Kreis. Lachende Jungen, die an einen Mast gebunden, ihre kleinen zarten Muskeln tanzen ließen.

Mit einer halben Packung Schlaftabletten lockte Kai die Bilder an. Sie sollten mit Kai in den Teufelstod tanzen. Wären die Bilder nicht so mächtig geworden, hätte er sie weiter ignorieren können. Doch nun mussten endlich wieder Ruhe und Ordnung herrschen. Ordnung herrscht endlich. Ord...herr...end...Ortende.

„Sei nicht feige und komm hoch!", rief Anja Cars durch das geöffnete Fenster Matthias zu.

Er kam.

„Es tut mir leid, aber ich suche Deine Nähe. Ich komme schlecht zurecht ohne Dich," stammelte er, halb auf der Treppe stehend. Sie ließ ihn herein und bot ihm einen Kaffee an.

„Weißt Du, in letzter Zeit habe ich keine Zahnschmerzen mehr.
Überhaupt fühle ich mich freier. Ich habe viel mit Katja gesprochen,
habe einiges gelesen und weiß jetzt auch, warum es mit uns nicht
mehr so weiter ging. Ich opferte meine Freiheiten für Dich. Und
warum? Weil ich dachte, Du würdest dies von mir erwarten.
Verstehst Du das?“

Er hat sich vorgenommen, verständnisvoll zu schweigen.

„Siehst Du.“, sagte sie weiter „Das verstehst Du nicht. Ich könnte
wetten, Du verstehst auch nicht, warum Du mir nachspionierst.“

„Ich halte es...“

„Schweig, Du hast nichts mehr zu melden! Willst mich nur noch
benutzen, damit Du nicht umfällst. Es geht Dir gar nicht um mich,
sondern um das System, welches so schön normal ist. Das System
erlaubt Dir, nicht, mich mit allen Freiheiten und Schwankungen
zu lieben. Ich war eine dumme Kuh, die sich freiwillig anpflocken
lassen hat, und Du hast Leben aus mir gezogen, wie ein Insekt.
Das System, eine Symbiose der Verlogenheit zwischen Mann und
Frau.“

„Bitte Anja, bitte sag das nicht. Wir hätten über alles offen reden
können.“

„Du liebst mich doch, oder?“

Er nickte in die Richtung des Fußbodens.

„Warum schaffst Du es nicht, mich drei Monate in Ruhe zu lassen?
Stell Dir vor, ich wäre auf Dienstreise oder so etwas.“

108

„Kommst Du dann wieder zurück?"

„Ich weiß nicht, ob wir uns außerhalb des eingefahrenen Systems begegnen können. Ich glaube, Du kannst da nicht mehr raus. Es ist vorbei, Matthias, ich fange an zu leben."

Jetzt konnte Matthias nicht mehr an sich halten.

„Ich werde wahnsinnig! Was kann ich nur tun? Du hast doch alles gehabt. Ich habe mir gewünscht, Du würdest alle Freiheiten der Welt ausnutzen, habe still auf eine Normalisierung unserer Beziehung gewartet und das Ende des Abklatsches einer Durchschnittsbeziehung unzufriedener Verbraucher erhofft. Ich liebe Dich...," rief er in seine Hände, die er über das Gesicht drückte. Sie sollte seine Tränen nicht sehen. Früher nahm Anja ihn tröstend in die Arme, nun aber bat sie ihn zu gehen. Er ging, besser: er wandelte.

Schuld, wo war nur meine Schuld, flehte er in sich.

Anja brach hinter ihrer Wohnungstür fast zusammen. Sie schlich zur Couch, fiel auf sie und brach in Tränen aus.

Er macht mich verbal fertig, dachte sie. Anscheinend will er dasselbe wie ich – und doch gibt es eine entscheidende Differenz. Nur wo?

Was meint er, wenn er von Freiheit spricht? Wir lebten eine Durchschnittsbeziehung, ohne dass wir es wollten?

Ohne dass wir den Mut hatten etwas zu ändern, oder wenigstens darüber sprachen? Wir besprachen organisatorische Dinge. Warum sprachen wir nicht über uns?

Ich muss mit Katja reden.

Anja wählte Katjas Nummer.

„Ja, Katja, ich bin's."

„Hallo Anja, Du ich rufe Dich später wieder zurück. Ich habe gerade Stress mit Torsten."

„Was Schlimmes?"

„Nein, er packt nur seine Sachen und geht. Ich habe ihn rausgeschmissen."

„Oh, tut mir leid. Ich verstehe das nicht. Es kommt so plötzlich."

„Ja, ich konnte ihn einfach nicht mehr riechen. Er soll sehen, wie er alleine zurechtkommt."

„Und eurer Sohn Ron?"

„Der wächst auch ohne Vater. Du weißt doch, wir leben in einer vaterlosen Gesellschaft."

Katja lachte schrill auf.

Der arme Junge, dachte Anja. Sie hörte durch die Muschel, wie Dinge zu Boden fielen.

„Deine Scheiß-Bücher brauche ich auch nicht!", schrie Katja ihren Freund an. Zu Anja sagte sie knapp: „Bis später", und legte auf.

Anja setzte sich langsam auf den Sessel und starrte aus dem Fenster.

Erst die Trennung von Matthias, dann Angelos Tod und jetzt das. Was stimmt nicht?

Was ist jetzt noch wichtig? Was will mir das alles sagen?

Nach einer halben Stunde apathischen Sitzens versuchte sie Kai telefonisch zu erreichen.

Er meldete sich nicht. Anja klingelte im Treppenhaus des zweiten Stockwerkes, bevor sie Kais Wohnungsschlüssel benutzte. Sie sah ihn und rief nach Hilfe.

Bis der Rettungsdienst eintraf, legte Anja Kais Füße nach oben, um den Kreislauf zu stabilisieren. Er lallte und stöhnte, sie sollten ihn in Ruhe lassen.

Noch lag er in einer Suppe mit irgend etwas. Anjas Hände versuchten Kais Gesicht von dieser schleimigen Sache zu befreien. Es stank erbärmlich.

Der Rettungsdienst:

„Ach Gott. Ja, das wieder. Wissen Sie, was passiert ist? Wie heißt er denn? Macht er das oft? Wir nehmen ihn erst einmal mit. Lappalie. Was sagt der Blutdruck? Als erstes eine Blutabnahme. Morgen ist er wieder O.K. Sie sind die Freundin? Ein Glück auch. Hat der Verwandte? Tschüs.“

Im Lokal VERSCHWENDER.

Die Kneipe wurde voll, laut, verraucht und männlich. Matthias saß verschrumpelt am Tresen. Sechs Gestalten ebenso. Die Augen wanderten zwischen der Glaswand, dem Zapfhahn und dem Tittenarsch hin und zurück. Sie alle waren mutterseelenallein.

Hätte jemand befohlen: ALLE GEMEINSAM PINKELN!!!, hätten sie es getan. Aber sie gingen einzeln. Das war auch in Ordnung. Hier schienen alle gute Freunde zu sein und trotzdem gleichzeitig Rivalen. Die Männer gingen vorsichtig respektvoll mit sich um.

Elefantenliebe. Selbst Matthias fühlte sich unter den Männern wohl, saß nun schon seit zwei Stunden in Schrumpfhaltung und gehörte dazu. Nichts, was er nicht kannte.

Endlich wurde er von seinem Nebenmann angesprochen.

„Sie hat heute Stress."

Gemeint war die Bedienung.

„Heute sind viele Fremde hier... ist auch O.K. Sie muss ja Geld verdienen."

„Ach, läuft wohl sonst nicht so?"

„Doch schon. Aber heute versteht sie meine Witze nicht. Keine Zeit für kluge Köpfe, verstehst? Dafür ist das Bier gelaufen. Schmeckt gleich ganz anders."

Ruhe. Matthias suchte nach irgendeiner Frage, um wieder das Gespräch aufnehmen zu können. Nach drei Minuten sagte er (mehr zu der Glaswand hin, als zu seinem Nachbar):

„Ich bin auch das erste Mal hier."

Fünfzehn Sekunden Pause.

„Das weiß ich. Frauen?"

„Mhm."

„Da bist Du hier richtig. Hier kannst Du nur für Dich sein, keine Gefahr lauert. Selbst von Gabi nicht."

Er zeigte auf die Bedienung. Diese wusste sofort Bescheid und fragte:

„Noch ein großes, Achim?"

Achim bejahte und wandte sich Matthias wieder zu.

„Aber ich will ja die Gefahr. Sie lässt mich bloß nicht."

„Ach so, die Liebe. Nun ja. Ich war auch mal verliebt, in eine Frau, die ich nicht bekam. Mein Freund, ein Afrikaner, meinte, es gäbe das Wort Liebe in manchen Sprachen gar nicht und er kann nicht verstehen, warum ein solches Theater um ein Wort gemacht wird. Das ist die Großstadt, sagte er, und sagte außerdem: Bekommst Du die Eine nicht, dann nimm Dir doch eine Andere. Ich war nicht seiner Meinung.

Also, ich habe keine Andere genommen. Die Frauen nehmen mich. Ich sitze hier und trinke mein Bier. Manchmal will eine Frau etwas von mir. Ich gebe es ihr, denn ich bin der, der Zeit hat. Hat sie keine Zeit, dann sagt sie es mir, oder sie kommt nicht mehr. Vielleicht kommt sie später noch einmal, es ist egal, denn ich bin ja sowieso hier."

Matthias trank sein Bier aus und wollte zahlen. Achim legte seinen Arm über Matthias Schulter.

„Du, Matte, sagte Achim vertrauensvoll, Was machen wir denn jetzt mit meinem Problem?“ und er starrte Matthias zuversichtlich und selbstsicher in die Augen.

„Was meinst Du, Achim?“

„Na, ich habe doch kein Geld mehr. Du musst mir helfen. Verstehst? Zusammenhalten.“

Matthias zahlte also die paar Bierchen von Achim mit und besiegelte damit ihre Freundschaft.

Trotzdem hatte Matthias das Gefühl, eine Therapie in der Art: „Männergruppe“ würde ihn auch nicht weiter helfen. Er verabschiedete sich von Achim mit den Worten: „Tut mir leid, aber ich bin heute nicht gut drauf“, und ging. Achim blickte ihm lächelnd hinterher. Seine feuchten Augen wollten Matthias nachrufen: Ich auch nicht, deshalb bin ich ja hier.

Achim würde jemanden anderen ansprechen müssen, dachte Matthias sich, und überlegte, ob es wohl schade ist, wenn ihn niemand versteht, denn zum Verstandenwerden müsste er sich richtig mitteilen können, doch dazu verstand er sich zu wenig, und Unsinn mochte er nicht reden.

Plötzlich fuhr ein Motorradfahrer auf ihn zu, kam mit seiner schweren Maschine kurz vor ihm zum Stehen und fragte: „Kommst Du mit?“

„Wohin?“

„Egal. Wohin Du willst.“

114

„Ach, nein danke. Ich gehe ins Bett."

Der Motorradfahrer brauste davon.

Anja besuchte während ihres Dienstes Kai, der noch erschöpft auf der Inneren Abteilung lag.

„Hallo Kaichen. Was machst Du denn für Sachen?"

„Anja. Du machst hier mit?"

„Ich arbeite doch hier und wollte bloß mal vorbeischauen. Kannst Du Dich erinnern? Ich habe Dich gefunden."

„Nein."

„Macht nichts. Also, jetzt erzähle mir, was los ist. Das bist Du denen schuldig, die Dir geholfen haben."

„Oh, nein."

Kai senkte den Blick.

„Ich möchte nicht schon wieder schuldig sein. Seit meiner Geburt bin ich schuldig und kann nichts dagegen machen. Wieso ist das alles bei mir anders? Andere Menschen

müssen doch auch einmal schuldig sein."

Er sah Anja nicht an. Vielmehr schwankte sein Blick auf der Bettdecke hin und her.

„In mancherlei Hinsicht sind auch alle schuldig, Kai. Jeder geht damit anders um.

Wann fing Deine Schuld an? Wie lange ist das her? Fing es in Deiner Kindheit an?"

Sie setzte sich auf sein Bett.

Kai erzählte von seiner Mutter, von seiner Heimatstadt Köln, von seiner Schulzeit,... von all den Dingen und Orten, von denen er meinte, ihm sei Unrecht geschehen, und er konnte sich nicht wehren. Irgendwo muss der tiefere Grund für seine Minderwertigkeitskomplexe liegen, überlegte Anja, während sie ihm genau zuhörte.

„...ich halte es nicht mehr aus."

Anja reichte ihm die Hand.

„Das würde niemand, wenn er all dies ernster als sich nehmen würde. Wir machen nun mal Fehler und genau dies, von dem Du erzählst, sind keine Fehler. Das klingt paradox, nicht war?", sagte sie lächelnd.

Kai sah sie an.

„Anja, stell Dir vor: unser beider Charaktermasken werden selbst zum Gegenstand... - ich meine, Du arbeitest hier legal und anerkannt als jemand im weißen Kittel, ich

meine, ohne Sichtschlitze und ohne Muskelbilder..."

„Wie bitte? Sichtschlitze kenne ich als Pornophantasien, was sind die Muskelbilder?"

Natürlich ahnte Anja, was Kai meinte, doch sie wollte sehen, inwieweit er sich bewusst war, was dies bedeutete.

116

„Meine Bilder. Deswegen bin ich doch hier. Die drehen sich und gehen nicht weg, ganz im Gegenteil, die kommen immer wieder.“

„Du hast Männerbilder im Kopf?“

„So ungefähr. Damit bist Du nicht der einzige auf der Welt. Bist Du eigentlich in ständiger Behandlung? Ich meine, bei einem Psychologen?“

„Nö, warum?“

„Brauchst Du auch nicht, solange wir Freunde bleiben.“

„Ach. Und jetzt bin ich Privatpatient bei Dir?“

„Na ja, nicht übertreiben. Ich denke, Dein Problem ist gar nicht so groß, dass Du Dich deswegen kasteien müsstest. Ich kann Dir als Freundin helfen. Wenn Du wieder draußen bist, werden wir mal ein paar Sachen zusammen unternehmen. O.K?“

Und er stimmte zu, ohne Anjas Absichten zu erahnen, die nicht nur an ihren Freizeitspaß dachte, sondern sie würde Kai überreden, an dem Hauskreis eines Freundes aus ihrer Studienzeit teilzunehmen. Eines Schwulen, natürlich.

Im Schwimmbad.

Kai wartete jetzt schon eine Viertelstunde vor den Umkleideräumen der Frauen, aus denen Frauen und Mädchen heraus- und hineinspielten.

Es war eine aus Kacheln gebaute Ameisenluke, vor der die Dieneremeise Kai November stand und auf die Ameisenkönigin Anja Cars wartete.

Kai überlegte sich, wie sehr bunt die Königin aussehen musste, eintönig konnte sie nicht aussehen, wenn er die Zeit bedachte, die sie brauchte, um einen Badeanzug anzuziehen.

Ein Junge - vielleicht sechzehn oder achtzehn - bemerkte Kais Überlegungen. Kai lächelte verlegen diesem Jungen in die Augen. Man kann nie wissen, ob es wirklich Menschen gibt, die Gedanken lesen können. Der junge Prinz lächelte zurück.

Vielleicht las er diese Ameisengedanken tatsächlich, oder vielleicht kannten sie sich schon sehr lange und waren die besten Freunde. Wenn der Hofnarr mit seinem Prinzen... Er sah nicht schlecht aus. Starke Badehose. Wäre Kai eine Frau, hätte er sich in ihn verliebt. Die Badehose stand ihm wirklich ausgesprochen gut. Vielleicht, dachte Kai, sollten sie Freunde werden...

„He, da bin ich. Träumst Du? Ich hoffe nur, ich habe den richtigen Badeanzug angezogen. Wie gefällt er Dir?", erschreckte Königin Anja ihren Hofnarren.

Der Junge sprang in das Wasser. Guter Köpper, nicht schlecht. Und flüchtig zu Anja gewandt:

„Kommt darauf an, was Du damit machen willst."

„Sieh mich doch mal an."

Er blickte kurz zu ihr, dann wieder auf das Wasser.

„Kai, entweder hast Du schlechte Laune, oder ich habe die falsche Wahl getroffen. Bist Du mir stinkig, weil Du zu lange auf mich warten musstest?“

„Nö. Na, dann los. Rein ins Nass.“

Beide schwammen, spielten und hüpften herum, nicht ohne sich lachend umzusehen, ob sie von Interessenten beobachtet wurden. Einen Augenblick wurde Kai sogar eifersüchtig. Nein, nicht wegen Anja, sondern wegen des Jungen, der für kurze Zeit außer Sichtweite war. Vielleicht war er pinkeln, oder schlimmstenfalls schon gegangen,... Wie konnte Kai das wissen? Warum sprach er ihn nicht an?

Aber nein, sie sprachen sich doch noch. Er, der Junge namens Mario, fragte Kai am Beckenrand, ob er nicht Lust hätte, mit auf ein separat liegendes Klo zu kommen.

Anja zog sich schon an, in der Vermutung, Kai würde noch schwimmen, - beeilte sich also mit dem Umkleiden - damit er draußen in der Vorhalle nicht lange auf sie warten müsste. Vermutung ist ein schönes Wort. Mut hatte Kai, denn den brauchte er ja, um sich mit Mario zu befreunden.

Ein freundliches Einverständnis gab es auf dem Klo. Sie sprachen fast nichts, schlossen sich in einer Kabine ein und pressten ihre Münder fest zusammen, um ineinander zu pulsieren. Eine Hand am Kopf. Eine Hand am Schwanz. Unter anderen Umständen hätte Kai über den gegnerischen Schwanz gelacht, da dieser so krumm und feucht war, gar nicht wie sein eigener. Nach den Sekunden des Abspritzens nahm Kai sich fest vor, die vielfältige Schwanzwelt, die sich hinter den dünnen Textilien verbirgt, mehr zu erforschen.

Mit roten und wirren Köpfen zogen die Männer sich lachend die Badehosen wieder richtig und tauschten Telefonnummern aus. Diesmal wartete Anja im Foyer. Ziemlich lang, wie sie sagte.

Als Sven Neubert mit großen Schritten seinen Hinterhof betrat, ahnte er nichts. Noch verschwendete er seine Gedanken an den verbrachten Tennisabend. Er ärgerte sich und wünschte sich, er müsste so einen Abend nicht wieder erleben - es sei denn, er hätte eine Freundin, wie seine Kumpels, um mit ihnen das alte Topf - Deckel - Spiel zu spielen. Außer Peinlichkeiten hatte der Abend Sven nichts gebracht. Jetzt nur schnell ins Bett, einen runterholen und schlafen, dachte er sich.

Neben dem Hauseingang war die Kellertür noch weit offen, und das Licht erhellte den Hinterhof.

Mitten in der Nacht, um eins!

Sven brachte das sofort in Ordnung. Licht aus. Kellertür zu. Zweimal abgeschlossen.

Wohnungstür auf. Ein Anruf. Wiedergabetaste.

„Hallo, Kumpel Sven. Könntest Du bitte mal die Kellertür schließen. Das Licht brennt auch noch. Ich bin zur Polizei gefahren, da die Schweine ein Schloss vor meine Tür geschraubt haben. Angeblich soll es wieder gebrannt haben. Tschüs Kai."

Deswegen roch das so! Der Spinner wollte uns wieder anzünden. Oh, Mann, der muss in eine Anstalt, sonst brennt der das Haus ab. Der Idiot ist noch nicht einmal in der Lage, das Licht im Keller zu löschen und die Türe zu schließen.

In diesem Augenblick hörte er ein auffälliges Hüsteln auf dem Treppenabsatz. Schwere Schritte. Sven riss seine Wohnungstüre auf. „Kai?", rief er nach oben.

„Sven bist Du noch wach? Hast Du die Feuerwehr gerufen?" Kai schaute von schräg oben durch das Holzgeländer.

„Nö. Was machst Du bloß wieder für Scheiße? Du bringst uns noch um."

„Ich kann da nichts dafür. Meine Matratze soll gebrannt haben, aber ich glaube mich zu erinnern, Wasser über die Zigarette gegossen zu haben,..."

„Oh, Mann. Warum muss ausgerechnet ich mit einen Verrückten im Haus wohnen?"

Sven ging wieder in seine Wohnung. Er blickte sich um und atmete auf. Kein Stress mehr, nur noch wichsen und schlafen. Er stellte sich alle Wecker zurecht, zog sich aus, ging pinkeln, knipste das Licht aus und tapste im Dunkeln zu seinem Bett. Er lag auf dem Bauch. Schon rutschte langsam die Hüfte auf dem Laken hin und her.

Ja, komm. Das Köpfchen immer schön schnell hoch und runter. Und jetzt ficke ich Dich von hinten. Was für eine schöne Rosette. Ich lecke Dein Arschloch aus. Ich öffne Deinen Pfirsicharsch und lange tief rein. Oh... ja... nein... ja...

Mehr und mehr konzentrierte sich Svens Geilheit auf Anja. Er beobachtete sie täglich, wie sie von der Arbeit kam; sah ihr durch den Türspion nach, wenn sie im Sommerkleid die Treppe hinaufstieg.

Er wollte sie haben und ficken. Auf friedliche Art ging es nicht, das war ihm klar.

Er sah doch an ihrer sich vom ihm abwendender Mimik, die Gewalt der Verachtung gegen ihn. Superfrauen hatte er noch nie gehabt, doch dieses Mal nimmt er sie.

Zuerst werde ich sie zum Schweigen bringen und sie verschnüren, dann in den Arsch ficken, abduschen, eincremen - Pflege muss sein - anschließend kommt sie in den Schrank.

Hoffentlich passt sie auch hinein. Ein Fäkalieneimer muss auch drin stehen, ich werde nicht immer zu Hause sein...

Oder ich lege ihr Windeln an. Ja, das ist besser. Vor dem Ficken muss ich sie eben duschen, aber das ist schnell getan. Frauen mögen Sauberkeit. Ich muss sie so weit bringen, das sie mich auch bedient. Vielleicht liebt sie mich dann auch. Frauen mögen Härte. Schön wäre ja, könnte ich sie unproblematisch küssen und mit ihr symbiotisch schmusen, ohne dass sie gefesselt wäre. Natürlich wird sie mich lieben lernen. Ich behüte und beschütze sie ja auch. Frauen mögen Sicherheit.

Im Café.

„Schön, dass Du gekommen bist, Kaichen. Ich war schon gestern hier und es hat mir hier so gut gefallen, dass ich Dir dieses kleine Café auch zeigen wollte.“, grüßte Anja.

„Wie geht es Dir?“

„Ich bin freier als sonst... Die Männergruppe hilft mir. Aber trotzdem habe ich die Nacht, wegen des Feuergestanks mit offenem Fenster schlecht geschlafen. Das Zeug sitzt tief in den Wänden. Glücklicherweise ist es Ende Mai, also fast Sommer. Es ist zwar ein recht frischer Mai, doch heizt niemand mehr. Ich heizte auch nicht. Es ist gar kein Geld für Kohlen da.“

„Ich verstehe Dich nicht. Von welchem Feuer sprichst Du? Brannte es etwa bei Dir?“

„Nein, nein... Bitte keine Schuld. Ich kann diesmal nichts für den Brand. Sven machte mir schon Vorwürfe,“ rutschte Kai November nervös auf dem Stuhl hin und her, doch Anja winkte ab, um ihn zu beruhigen. „Ich bin gestern zeitig schlafen gegangen und möchte nur wissen, was passiert ist, mehr nicht. Keine Vorwürfe.“

Gut. Die Unterhaltung kam ins Rollen. Lebhaft und entspannt berichtete Kai über seinen Matratzenbrand in der Nacht und über seine sexuelle Begegnung im Schwimmbad.

„Das ist ja kaum zu glauben.", stieß Anja hervor, denn nun war Kais Coming Out offensichtlich.

Schön, es klappte ohne meine Hilfe.

Kein Wunder also, wenn Kai wesentlich klarer und ruhiger geworden war. Sie erzählte ihm ihre Geschichte über Herrn Semael, bei dessen Beerdigung sie gestern war.

„Die Beerdigung wurde weit aufgeschoben, da eine Autopsie für Studenten vorgenommen wurde. Seine Ex-Freundin versuchte, dagegen zu klagen, doch da sie nur zeitweilig zusammen lebten und nicht verheiratet waren, bekam sie nicht recht. Herr Semael war ein sehr stolzer Mann, meinte die Freundin, den niemand zerstückeln dürfe. Tote haben auch eine Ehre."

„Tote haben eine Ehre?"

„Bitte, jetzt werde nicht komisch. Klar ist für sie ihre Nähe zu Herrn Semael, obwohl einiges Zerreißendes zwischen ihnen vorgefallen sein musste. Ich glaube sie sagte: Endlich habe ich Ruhe vor diesem Schwein. Und dabei bildeten sich in ihren Augen langsam Tränen. Ja, so waren ihre Worte, und das an seiner Grabstätte. Ist das nicht poetisch?"

Sie lachte auf, worauf Kai einstimmte und kleine Witze machte, nur um keine Schwermütigkeit in die Unterhaltung fließen zu lassen.

Gäste des Cafés drehten sich nach den beiden um. Das Lachen wurde genau registriert.

Aber ein weiterer Gedanke, der beide seltsamerweise gleichzeitig durchfuhr und das Lachen vorsichtig unterbrach, war die Erinnerung an Kais Selbstmordversuch. Ist Selbstmord ehrenhaft?

„Lieber nicht weiter", sprach Anja mit sich und knüpfte sofort an ihre Geschichte an. Sie war gestern mit Semaels Freundin hierher gegangen, um mit ihr eine Tasse Kaffee zu trinken.

Diese Frau - Sabine - wirkte erregt, und sie glaubte, Anja und Herr Semael wären mehr als Arzt und Patient. Dieses Zeichen der Eifersucht verwunderte Anja, weil Sabine ihren Patienten Semael verlassen hatte. Ein Herr Paul war der Grund, erzählte ihr Angelo. Und eben dieser Paul erschien in der Begleitung Sabines auf der Beerdigung. Er hielt sich zwar dezent zurück, doch eine später geschaffene Situation ließ ein Miteinander-bekannt werden zu.

Dieser Herr Paul sah erstaunlich gut und gesund aus. Er stellte sich als Diplomat und Geschäftsmann vor, war groß und blond, etwa 40 Jahre, zweifellos intelligent und feinfühlig, war leicht gebräunt und überhaupt schien er ein ganz ordentlicher Mann zu sein.

„Kai, wenn alle Männer so eine Ausstrahlung hätten, wäre ich verrückt geworden!"

Als Anja bemerkte, wie sie dieser Mann faszinierte, brach sie das Gespräch auf dem Friedhof ab. Schließlich befanden sie sich an einem Ort des Gedenkens.

Herr Semael hätte sich gefreut über die Eifersucht seiner Ex-Freundin. Anja erzählte Sabine, wie sie versuchte, ihren Patienten zu verstehen, und Liebe spielte dabei überhaupt keine Rolle. Doch saß das Urteil fest, denn Sabine war der festen Überzeugung, Faszination spiele in jeder Art von Beziehung eine Rolle. Sogar Ekel kann faszinierend wirken - bewusst oder unbewusst. Liebe sei Faszination, setzte Sabine klar hinzu.

Hier war Anja schachmatt gesetzt, denn sie konnte Sabine nur zustimmen. Sie ärgerte sich insgeheim über diese Entmündigung seitens der Hobbypsychologin.

Gegenüber Kai war sie nun der Meinung, Liebe habe auch was mit Sexualität zu tun, denn jede Art der Beziehungen, die eingegangen werden, sind untergründig auch sexuelle Faszination.

Als Resümee blieb nun eindeutig: Herr Semael zog sie nicht genug sexuell an, aber möglich, da zwischen ihnen ein Bund herrschte, wäre Sexualität gewesen.

Mögen - ja; Faszination - meinetwegen, aber Geilheit eigentlich nicht, resümierte Anja, und sagte, Matthias hatte einiges, was sie suchte, jedoch die Faszination fehlte vollständig. Er ist ein dumpfer Langweiler geworden, der jetzt, da seine Felle zum Schwimmen gekommen sind, Amok läuft.

Wirklich faszinieren tut sie dieser Herr Paul. Er war ein ganz schrecklich erotischer und doch vornehm zurückhaltender Mann, dem sie anschließend ihre Adresse gab, damit sie eventuell bei einer Tasse Kaffee über diese Situation reden könnten.

Zwar wussten beide nicht, welche Situation genau gemeint war, aber es gab eine Selbstverständlichkeit zwischen ihnen, die zum Treffen und Kennenlernen zwang.

„…Weißt Du Kai, ich kam ohne Erwartungen zur Trauerfeier - und sah ihn und er mich, wie es so oft geht im Leben. Ich weiß nicht mehr, wie es kam, doch plötzlich standen wir zusammen und versuchten, ein belangloses Gespräch zu führen. Natürlich war es alles andere als belanglos - jedes Wort hatte eine deutliche, für Fremde unsichtbare Tiefe. Es war ein unerklärbarer phantastischer Rausch."

Kai hatte Anjas „Geschichte" bis hierhin erstaunlicherweise locker und geduldig angehört, doch nun hakte er ein und fragte, warum sie sich nicht schon eher von Matthias getrennt habe, beziehungsweise warum sie noch immer fest an Matthias hing.

Nach einem Augenblick des Nachdenkens und der Anerkennung der Frage erwiderte Anja:

„Ich glaube, wir wachsen ständig. Wer in sich hineinsieht und seine Schwächen erkennt, die er aber nur erkennt mit Hilfe von gesammelten Erlebnissen, dem wird es immer wieder interessant sein, wie er sich in Situationen verhält, die neu sind.

Erfahrungen sind lehrreich. Er wendet sie immer wieder neu an, spielt mit ihnen und sieht sie ständig in einem anderen Licht. So bleibe ich mir selbst interessant. Aber noch interessanter ist es für mich, jemanden an meiner Seite zu haben, den ich auch meine schon zu kennen, was natürlich Unsinn ist, denn wir sind weder im gleichen Körper aufgewachsen, noch können wir Gedanken und Gefühle so austauschen, dass nichts durch Sprache oder Scham verfälscht wird. Aber was Matthias betrifft, so bin ich mir nach unserer Trennung klar darüber geworden, wie er es sich auf einem Ruhekissen bequem machte und erwartete, ich setzte mich neben ihn. Als er mein Zweifeln erkannte, verurteilte er mich ihn seiner Welt, ohne mich anzuhören. Statt Liebe war Leere und stille Verachtung gewachsen. Doch das alles waren Gefühle, die ich nicht sprachlich fassen konnte; erst jetzt – nach der Trennung- klärt sich einiges auf. Über das WIE, bin ich mir noch nicht ganz klar; er scheint sehr geschickt zu sein und sich auf jede Situation einstellen zu können, wenn er sie nur zu seinem Besten wenden kann, ohne dass es ihm selbst bewusst wäre. Die Anstrengungen, die er jetzt unternimmt, wären vor einem Jahr noch undenkbar gewesen. Er will mich zurück, das weiß ich. Er will mich so, wie ich früher war, Neues an mir kann er nicht akzeptieren, auch wenn er das Gegenteil behauptet."

„Verstehe... Es ist erstaunlich, wie resolut Du alles Innere sehen kannst."

128

„Ach, seitdem ich jetzt in der Rigaer Straße wohne, habe ich viel mehr Zeit, in meinem Inneren zu forschen. Sozusagen sehe ich durch mich in die Welt. Ob Du es mir glaubst oder nicht, doch Du bist momentan mein einziger Freund. Durch die Ehe mit Matthias gingen alle meine Freundschaften zu Bruch. Dies hat mit Zeit und Eifersucht zu tun - na ja... es führt jetzt aber zu weit. Eine meiner beiden Freundinnen arbeitet in der Wohnungsbaugesellschaft mit ihrem Mann. Ich war in letzter Zeit oft bei ihnen, manchmal nahmen sie mich in ihrem Auto auf ihr außerhalb der Stadt bebautes Grundstück mit. Sie sprachen immer über dieselben Themen, obschon es um soziale Dinge ging, wie zum Beispiel Arbeitslosigkeit, Krankenkassen... u.s.w. Doch habe ich mich jetzt von ihnen zurückgezogen, da ich ihre aufgesetzte Art, über diese Themen zu sprechen, nicht mehr leiden wollte. Verstehe mich bitte nicht falsch, es ist bedauerlich, wenn das soziale Niveau sinkt, doch statt zu schwätzen, könnten sie gezielt helfen und nicht im schönsten Grün die Landschaft beschwatzen. Nun habe ich noch Katja. Ihr geht es momentan auch nicht gut - mag sie zwanzigmal behaupten, ihr ginge es IMMENS gut - aber sie trennt sich gerade von ihren Freund und ich weiß nicht, ob ich im Augenblick die Stärke habe, ihr eine brauchbare Hilfe zu sein.“
Hier trat eine Pause zwischen beiden ein.
Beide bestellten sich noch eine Tasse Kaffee. Kai zündete sich seine Selbstgedrehte an und blies den Rauch des ersten Zuges

wie eine Fontäne in die Luft. In der Zwischenzeit saß Anja, Gedanken ordnend, fast ohnmächtig da, denn die Erinnerungen rasten nur so in ihrem Kopf herum, und gleichzeitig hoffte sie, Kai würde ihr persönliches Geschwätz nicht übel nehmen.

Ich verzeihe unter Freunden - nein, im Gegenteil, es ist eine Würdigung, wenn Freunde mir dringende Probleme offenbaren, aber wie steht es mit Kai? Hält er dies aus, oder dreht er wieder durch? Augenblicklich scheint er stabil, doch dies ist kein Grund, rücksichtslos ihm gegenüber zu sein.

„Du meinst also, Sabine hat ihren Freund noch geliebt. Ich kann mir die Eifersucht der Frauen nicht erklären, die streng zu ihren Männern Tschüs gesagt haben. Woher kommt dieser Besitzanspruch, selbst nach der Beziehung oder Liebe (für Frauen ist dies beides eins)?"

„Was? Na hör mal - für einen Homosexuellen bist Du ein ziemlicher Macho. Hättest Du mir zugehört, dann hättest Du jetzt gewusst, dass eben Matthias auch eifersüchtig ist und zwar auf alles, was mich bewegt."

„Mhm, ja. Apropos Macho. Ein wichtiger Bestandteil unseres Themenkreises in der Gruppe, ist die Anerkennung unserer Männlichkeit. Wir sind zu Kindern, zu Tunten und zu Objekten der Ehe gemacht worden. Wenn wir unseren Schwulenhass überwinden wollen, müssen wir auch anerkennen, dass wir Männer lieben und keine tuntigen Schwulen. Der Schwanz ist für die Matrix allen Lebens, nicht die Möse, und doch haben die Schwanzlosen mich erzogen und versuchen jetzt noch, Einfluss auf mein Leben zu nehmen...“

„Bitte Kai, ich denke nicht, Dich unangenehm beeinflusst zu haben... Okay?...Ich wollte noch etwas zur Eifersucht sagen: Das, was ich an einem Menschen liebe, bleibt immer. Viele schaffen es, die Liebe in Hass umzukehren, aus Angst oder Enttäuschung, oder was weiß ich...“

In diesem Augenblick kam Matthias Cars durch die Tür in das Café herein. Er schritt sofort auf die beiden zu. Das Gesicht erschöpft eingefallen. Die Augen winselnd rotfeucht. Der Atem tief und stark.

„Anja, ich muss mit Dir reden.“

Er warf einen kurzen Blick auf Kai.

Anja nahm sich vor, sich nicht aufzuregen.

„Nicht jetzt. Du störst!“, sagte sie.

„Das ist also Dein neuer Freund.“ und zu Kai gewandt: „Wissen Sie, ich bin mit dieser Frau schon acht Jahre verheiratet.“

„Ja“, sagte Kai leise nach oben. Anja wünschte sich, die Bedienung käme und würde ihn hinauswerfen. Sie fühlte ihre Zahnschmerzen ansteigen.

„So, das hat Sie Ihnen schon erzählt. Anja, ich bin enttäuscht von Dir. Du hättest mir das alles sagen können...“

„Es ist besser, wenn Du jetzt gehst und Dich abregst.“

„Ich habe Dir geglaubt, dass Du Deine Ruhe haben wolltest. Jetzt sehe ich warum. Für diesen Penner."

Kai schwieg.

„Hau ab!"

„Nein, wir müssen das jetzt klären. Am besten, Du kommst jetzt mit mir nach Hause."

„Bildest Du Dir wirklich ein, ich käme nach diesem Ausfall mit zu Dir? Deine Eifersucht gibt Dir nicht das Recht, hier Befehle zu erteilen und mir nachzuspionieren. Oder welches Recht sollte es sein, das Dir sagt, mein Leben lenken zu dürfen? Du bist mir peinlich mit Deiner Eifersucht. Unter anderen Umständen wäre ich gewiss geschmeichelt, doch hier handelt es sich nur um Deine Eigensucht und Überheblichkeit mir gegenüber. Entschuldigst Du Dich nicht sofort bei meinem Patienten Herrn November, werde ich nie wieder zu Dir kommen!" Alles drehte sich besinnungslos im Kopf. Anja war die Steuerfrau. Die Situation lag in ihrer Hand. Langsam versuchte Matthias sich wieder zu finden.

„Herr November. Ich entschuldige mich für meinen Mann bei Ihnen. Darf ich Sie noch nach Hause bringen?"

Kai, der immer noch stumm saß, wusste nicht, ob er anwesend war.

Dafür stand Matthias Cars wieder auf festen Schuhen.

„Es tut mir leid. Ich bin so. Ich liebe meine Frau, Herr Nowamba. Ich werde gehen."

132

Er drehte sich um und schritt zur Tür. Kai hauchte leise: „November, nicht Wabawama."

Bei Mario.

Kai November klopfte an der Wohnungstür. Das Klopfen war zu vorsichtig, denn Mario schien nicht zu reagieren. Vielleicht war er auch nicht da. Das war gut möglich, denn Kai kam heute unangemeldet. Er hüstelte laut der Tür entgegen. Es wäre schade, wenn Mario nicht da wäre, wenn Mario nicht wäre, wenn nicht wäre, dass Mario...

Jetzt klingelte er. Kai hörte Schritte aus dem Wohnungsinneren.

Eine Stimme klang leise wie: Moment, ich komme gleich wieder.

Diese Stimme war nicht an Kai gerichtet.

Wer...? Was...?

Die Wohnungstür riss auf. „Ach Kai, Du? »

Mario stand mit einer Decke umwickelt vor ihm. „Warum hast Du nicht angerufen? Ich habe momentan keine Zeit."

„Kann ich also nicht... Lässt Du mich nicht rein?"

„Tut mir leid, ich habe zu tun," und schmiss die Tür zu.

Kai rannte das Treppenhaus hinunter, die Straße entlang - besinnungslos zur Besinnung.

Er nahm sich vor, nichts zu vergessen. Er wird aus seinem Kopf malen, sie festhalten und im Rahmen fixieren. Und klar: er wusste jetzt was OUTSIDE CRUISING bedeutet und was er in einem DARKROOM erleben kann.

Also, was soll's, will ich einen Freund haben, gibt es genug Möglichkeiten. Und überhaupt, einen Freund verloren zu haben, der keiner war, ist nicht so schlimm.

Arme Irritation, dachte er auf dem Nachhauseweg. Sein Hemd war vom Rennen durchgeschwitzt, der Atem immer noch flach, Berlin war immer noch laut und grau.

Was ist das? Dieses Zerreißen. Gefühle und Gedanken, ich will das abstellen, schimpfte Kais Kopf. Es ist so sinnlos und ohne Konsequenz. Warum denn nur, warum?
Diese Gefühle, diese neurotischen Gefühle...
Stämmig waren sie da und ließen nicht ab von ihm, konnte er doch theoretisieren wie er wollte. Es half nichts, wenn er seine Gefühle nicht mehr beachtete. Ignoranz hat ihren Preis, denn die Gefühle ziehen sich zurück und richten später Unheil an.

Im Stadtpark.

Noch von ihrem Krankenhausdienst eingenommen, lief Anja die Frankfurter Allee entlang nach Hause. Die Zahnschmerzen spielten Fußball. Rechts stauten sich die Autos und links die Menschen in den Läden. Hier und da stand ein kleiner Vietnamese mit seinen Krautröllchen oder ein autonomer „Haste mal ne Mark?" mit seinen gestylten Hunden, welche reaktionär mit Protestkacken beschäftigt waren. Sie fühlte sich wieder nicht freier als sonst, obschon sie sich dies heute morgen fest vorm Spiegel versprochen hatte. Die grelle Straßenluft roch nach Smog und trockenem Sommerstaub.

Unterwegs wurde sie mit einem freundlichen „He, hallo.", am Arm gezupft. Die Freude war außer sich, denn es war Herr Paul, der hier zufällig in der Nähe war und Anja schon von weitem sah. Nicht nur Anja, sondern beide lachten sich in ihre Gesichter (Sean Pauls Gesicht war nicht mehr makellos und narbenfrei). Und da sie sich schon im Dschungel der Frankfurter Allee gefunden hatten, beschlossen sie, gemeinsam einen Kaffee zu trinken. Neben ihnen wartete schon geduldig ein Eiscafé, in das die beiden hineingingen. Er schritt voran, hielt ihr die Tür auf. Sie dankte kopfnickend und huschte elegant an seiner Seite vorüber, um eine geeignete Sitzgelegenheit für beide auszumachen.

Sahen andere Gäste die beiden an, wie sie miteinander zirpten und gestikulierten, erfuhren sie, dass Süße und Beschwingtheit auch in Friedrichshain existierte. Zwar war das Eiscafé grässlich kalt, mit einem ordentlichen Schuss naivstem Kitsch eingerichtet, doch die Lebhaftigkeit der beiden strömte schnell in das Café.

Die beiden interessierten sich keineswegs für die Geschmacklosigkeit des Cafés, sondern waren im Gespräch ganz ineinander gefallen, was natürlich notwendig war, damit nichts von dem Gesagten verloren ginge.

Was zwischen den beiden passierte, hatte eine magnetische Anziehungskraft.

Selbst die beiden Kassiererinnen und ein paar ältere Damen sahen auf nichts anderes mehr. Ihr Blick wurde nur durch eine Plastikpalme behindert, die gezielt als Staubfänger aufgestellt worden war.

Da Anja sofort Vertrauen zu Sean gefunden hatte, erzählte sie von ihrer derzeitigen Misere. Sie sollte sich entscheiden zwischen ihren Mann, den sie sehr mag, oder dem Alleinsein. So sprach ihre Angst. Fast brach sie während ihrer Schilderung in Tränen aus, denn für Stress mit ihrem Mann - sowie für die Einsamkeit - würde sie zu schwach sein.

„Glaub mir, Sean, ich wünschte, mehr Kraft zu haben, oder irgend ein Licht zu sehen, dem ich folgen könnte. Aber ich bin gefangen mit meiner Generation. Meine Probleme haben denselben Ursprung wie die meiner Patienten. Immer wieder Bindungen und Trennungen ohne Resultat. Ich weiß nichts mehr über das WARUM und WIE. Alles scheint vorgefertigt: wenn ich mit einem Mann lebe, dann werde ich so, wenn ich alleine lebe, dann werde ich so. Alles ist bekannt und trostlos.“

„Anja, Du übertreibst. Niemand kann wissen, was kommt. Angelo - zum Beispiel -...“

„Ich bin nicht so wie Angelo. Ich bin eine deutsche Durchschnittsintellektuelle, die nie geliebt hat und wahrscheinlich nicht lieben kann.“

„Ach, Gottchen, wie süß! Ich erzähle Dir etwas. Wir haben einiges in eigener Hand, nur zu oft bemerken wir es zu spät. Sieh, ich stamme aus Skerris bei Dublin. Es ist wunderschön dort, besonders der Strand ist eine Sehenswürdigkeit. Doch gab es dort 25% Arbeitslosigkeit und ich gehörte seit drei Jahren dazu. Die Lebenshaltungskosten waren auch höher als hier. Mir ging es richtig mies. Es passierte auch, dass es nicht nur draußen auf den Wiesen regnete, sondern auch in meinen Kopf und auf meinen Kopf, denn das Dach hatte eine Reparatur dringend nötig, doch ohne Geld war nichts zu machen. Ich schaute über die Weiden und schaute auf das Wasser. Beides liebte ich genauso wie ich diese Menschen, die dort leben, liebte.

Doch eines Tages - ich hielt die Nacht wieder einmal nicht aus und lag während des Erwachens am nächsten Morgen am Strand - fand ich eine Muschel in meiner Hand. Ich ging oft am Strand spazieren, aber so eine Muschel sah ich noch nie. Hier, das ist sie.“

Er legte sie auf den Tisch. Anja bewunderte sie. „Sie musste aus dem Süden sein. Und endlich begriff ich, dass es überall schöne Orte gibt, dass es überall schöne und freundliche Menschen gibt, dass ich also nur zu suchen bräuchte, um meine Zufriedenheit wieder zu entdecken. Kampf gehört zur Suche dazu. Mein Kampf war es, für Soziale Gerechtigkeit einzutreten. Ich stand auf, verkaufte mein Haus, setzte mich in die Fähre und fuhr über Großbritannien nach Frankreich. Manchmal ist es egal, ob die Stufe nach unten oder nach oben geht. Mein Glaube, den richtigen Weg zur sozialen Gerechtigkeit gewählt zu haben, stellt sich heute als falsch heraus, doch damals war es der notwendige Weg. Aber ich tröste mich, denn Hauptsache, wir gehen unseren Gefühlen nach und ertränken sie nicht. Ich nahm Irland in meinem Herzen mit, und in den Sommermonaten miete ich an der Ostküste ein kleines Haus und beobachte das Meer und den Regen."

„Ja, das können Sie jetzt. Haben Sie jemanden in Dublin zu dieser Zeit geliebt?" „Nein, wahrscheinlich nicht ernsthaft. Ich war frei und jünger natürlich. Ich bin jetzt 43 Jahre alt und fühle mich so, als ob ich diesen Sprung in das Freie und Ungewisse erst gestern gemacht hätte. Ein Adler bleibt ein Adler. Er wird niemals mit den Hühnern brüten."

„Möchten Sie keine Familie haben, mit der Sie sich irgendwo zu Hause fühlen?"

„Doch natürlich, aber es liegt nicht nur an mir. Ich kann nichts erzwingen und warte deswegen die Zeit ab. Wenn ich weiß, was ich liebe, werde ich auch bekommen, was ich will. Und ein Adler hat selbstverständlich ein Stammnest."

Beide lachten und bestellten eine zweite Tasse Kaffee, tranken ihn, versprachen, sich bald wieder zu treffen und gingen in verschiedene Richtungen im Stadtpark die Frankfurter Allee entlang.

Reichlich mit Gedanken angehäuft, lief Anja durch die Passanten hindurch. Sie fühlte sich - trotz des aufmunternden Gesprächsschlapp und überlegte deshalb, was ihr fehlen könnte, die Sonne war noch da, die Autos und die Menschen mit ihren Hunden auch. Aber nirgends waren Adler zu sehen, die auf ihre Familien warteten. Ach, die Zahnschmerzen habe ich vergessen. Die kommen wieder, auf die ist Verlass.

Am nächsten Abend im Lokal VERSCHWENDER.

„Wenn Du mit einer Frau schlafen willst, dann höre ihr genau zu, aber glaube nicht immer dem, was sie erzählt. Die bekommen das raus. Nimm Dich in acht und halte Abstand. Sag ihr niemals freiwillig und mit freudigen Augen, Du liebtest sie, sonst wird sie Dich den nächsten Tag betrügen, um ihre Depressionen loszuwerden, denn Frauen wollen das Geliebtwerden nicht wahrhaben. Wir aber sind zu intelligent für die Frauen. Das ist unser Problem. Wir sind keine Bauarbeiter, und wären wir welche, machten nur ein unproblematisches WUFF - WUFF, hätten wir Frauen, soviel wie wir wollten. Bauarbeiter interessieren sich nicht wirklich für Frauen. Sie ficken sie und lassen sie ihre Wohnungen putzen. Aber mit sensiblen, intelligenten Männern können Frauen schlecht umgehen. Wir überlassen den Frauen zu viele Möglichkeiten.

Frauen wollen so eine Art Kreativspielzeug für ihre Träume haben. Merken sie, dass du real bist, sagen sie: Du hast meine Erwartungen nicht erfüllt. Also sage nichts, höre nur zu und schmeiß sie raus, bevor sie sagen kann: Du hast meine Erwartungen nicht erfüllt. Befolge meinen Rat, umso besser wird es Dir gehen", sprach Achim.

„Gabi, noch zwei Bier, auf meine Rechnung."

„Klar Matti."

Matthias fühlte sich im Augenblick mit seinem neuen Freund Achim nicht mehr so schlecht. Er bekam das zu hören, was er hören wollte, doch selber nicht glaubte. Die Welt ist nun mal nicht einfach, und Anja erst recht nicht.

Sein Kopf drängte ihn viel zu stark zu Anja, da konnte auch sein neuer Therapeut Achim nicht viel helfen. Na, wenigstens war Matthias nicht mehr gezwungen zu antworten, denn sie kannten sich jetzt den zweiten Abend, und wer zuviel redet, verschwendet sich. Achim konnte reden. Er war ein anerkannter Verschwender.

Vielleicht war es doch nur so, wie man „nur so" sagt. Hier sagte Sean Paul zu Anja, ich komme nur so vorbei, um zu sehen, wie Du lebst. Sicher ließ Anja nur so Sean in ihre Wohnung hinein, trank

140

mit ihm, berauschte sich mit ihm und tat mit ihm Dinge, die ein NUR SO außer Frage stellten.

Es gibt kein nur so, sagte sich Anja, als sie die Tür schloss, nachdem er am nächsten Morgen gegangen war, und stehen blieb - nur so - und eingenommen von der Fülle ihrer Gedanken, sich fragte, ob das Neue, was sie fühlte, etwas Richtiges wäre.

Dieser reife und könnende Mann schien ihr so unnahbar, dass es sie ein wenig ängstigte. Aber sicher fragte sie, was er genau mache, womit er sein Geld verdiene, ob er mal geliebt habe, und Pläne, und überhaupt...

Konkret gab es keine Antworten. Anja wusste nicht sehr viel über ihn und ging - vielleicht enttäuscht, vielleicht angeschlagen - zu ihrer Arbeitsstelle ins Krankenhaus.

Er musste lange auf Anja warten. Es war so gegen halb zwölf, mitten im tiefen Dunkel, als Anja kam. Sofort wurde Sven hellwach und beklemmend verspannt. Doch er musste es tun. Jetzt oder nie. Sven war doch kein Feigling.

Langsam öffnete er seine Wohnungstür, bedacht, mit dem Pflaster hinter sich, um sie zu überraschen. Anja schloss den Briefkasten, sah Sven und antwortete spitz auf sein Erscheinen.

„Guten Abend, Herr Neubert. Haben Sie auf mich gewartet?"
Er stand an seiner geöffneten Wohnungstür.

Jetzt oder nie!

„Ja. Ich möchte mit Ihnen reden, bitte kommen Sie einen Augenblick zu mir herein."

Er versuchte höflich zu wirken und sich jedes Wort genau zu überlegen, damit sie keinen Verdacht schöpfen würde. Versuchte. Versuchung. „Ach nein, ich komme gerade vom Spätdienst, wenn es wichtig ist, können wir morgen Vormittag darüber reden, heute abends bin ich nicht mehr konzentrationsfähig", und lächelte dabei – vielleicht ein wenig zu aufgesetzt.

Sie versuchte, sich an seinem stämmigen Körper und an dem Sog seiner Wohnungstür vorbeizuschlängeln, doch sein Körper versperrte ihr den Weg. Ein Brief schaukelte nach unten, um dort mit hastigen Tritten - einmal Sven, einmal Anja - holzbodengleich angepasst zu werden. Versucht wurden Schreie, doch die reißende Hand, die schon fast im Körper Anjas war, wich nicht vor dem Zähneschlagen zurück,... also ließ sie alle Versuchungen ermatten, um vielleicht in einer späteren Situation Kraft zu haben. Der Kopf der schönen Frau schlug gegen die Steinwand, mit dem Resultat, dass die Maßnahmen (Paragraph 78, Absatz 45: Maßnahmen zur Abwehr körperlicher Verletzungen; Gesetzbuch heldenloser Hängeschwänze)... also dass da nichts mehr an einer versuchten Gegenwehr war. Apathie. Geschliffenwerden. Die schönen Haare. Bums, fallengelassen. Rinnsal, langsam, irgendwo im roten Bayern. Der Staat ist gegen so etwas. Hoffentlich hat sie sich nichts Böses

getan. Ach was, die wird schon wieder. Was die Weiber auch so
empfindlich sein müssen!

Gespräche mit einem Anrufbeantworter.

„Hallo. Ich bin nicht zu Hause, aber wenn Ihr wollt, könnt Ihr
eine Nachricht nach dem Piepton hinterlassen. Danke.“

„Ja, hallo, ich bin es, Matthias. Ich wollte mich bei Dir wegen
vorgestern entschuldigen. Falls Du zurückrufen willst, ich bin jetzt
zu Hause. Gute Nacht. Schlaf schön. Matthias.“

„Hallo. Ich bin nicht zu Hause, aber wenn Ihr wollt, könnt Ihr
eine Nachricht nach dem Piepton hinterlassen. Danke.“

„Ja also... ich bin es noch mal. Du bist noch nicht da. Wahrscheinlich
arbeitest Du noch oder bist wieder mit einem Patienten weg. Na
ja, egal. Melde Dich mal. Matthias.“

„Hallo. Ich bin nicht zu Hause, aber wenn Ihr wollt, könnt Ihr
eine Nachricht nach dem Piepton hinterlassen. Danke.“

„Hallo, Matti ist es... Ich zähle bis drei... Eins, zwei... drei.
Schade. Ich wollte noch mal über die Eifersuchtsszene mit Dir
reden. OK, die war überflüssig, ich habe mich ja auch
entschuldigt. Bist Du vielleicht doch da? ... Hoffentlich ist Dir
nichts passiert. Ich rufe nachher noch einmal an.“

„Hallo. Ich bin nicht zu Hause, aber wenn Ihr wollt, könnt Ihr
eine Nachricht nach dem Piepton hinterlassen. Danke.“

„Also, es ist jetzt kurz vor fünf am Morgen. Ich muss gleich in die Werkstatt. Ich habe die ganze Nacht auf Deinen Anruf gewartet. Entweder schläfst Du fest, oder Du bist sonst wo. Geh schon ran, ich mache mir Sorgen. Ich entschuldige mich auch noch einmal. Ich habe nur gedacht, mit Christa - Du weißt schon - vor einem Jahr, ich habe gedacht: passiert und vergessen. Wir einigten uns damals: keine Seitensprünge mehr. Wir sind immer noch verheiratet! Natürlich verliebt sich niemand für ewig. Die Frage ist ja, nicht OB, oder WEN man liebt, sondern WIE. Ich möchte Dich lieben, und wie! Du weißt, damals, das war der Alkohol. Ach was, ich bin nicht eifersüchtig. Du hast Dich nur sehr angeregt mit Deinem Patienten unterhalten, und dabei wollte ich mich mit Dir unterhalten... alles wieder gut machen und so. Vergiss es. Wir reden später darüber. Tschüs.“

„Hallo. Ich bin nicht zu Hause, aber wenn Ihr wollt, könnt Ihr eine Nachricht nach dem Piepton hinterlassen. Danke.“

„Matti hier. Bist Du immer noch nicht da? Ich komme jetzt zu Dir.“

A, a.

Weite.

Weit weit. Weit und lang die Schmerzen. Die Schmerzen liefen mit dem Körper aus.

Alles floss in die Erde zu den Tieren der Atmung. Atmung. Hecheln. Luft küsste die Krämpfe wach.

Alles hielt und riss sie zusammen, doch die Sinne waren im Meer verstreut. Gedanken waren gestorben. Die Vernunft baute einen Satellit. Ein Satellit wird geboren. Meine Mutter, siehst du es nicht? Der Erlkönig bewegt meine Wunden.

„Komm trink was."

Sven stellte das Glas auf den Fußboden, nahm vorsichtig ihren erschöpften Kopf, griff nach dem Ball in ihren Mund - holte ihn heraus. Der Ball war eklig schleimig.

Suppe schlich aus ihrem Mund. Reizbrechen. Vage tupfte Sven mit einem Lappen ihren Mund sauber. Sie versuchte zu trinken, doch scheiterte. Er ließ sie auf sein Bett fallen, ohne den Mund gestopft zu haben. Schreien kann sie in diesem Zustand sowieso nicht mehr.

Er blickte sie lange an und ekelte sich. Wieso ist er nur so geil auf Frauen? Er fand keine Antwort, er sah nur, er war von ihr gefangen. Sie lag erschlagen und beschmiert, hilflos, auf seinem Laken und keuchte nach Luft. Aber er hatte sich selbst gefangen und wurde sich, nach dem seine Geilheit verbraucht, dessen langsam bewusst. Konsequent sein, ermahnte er sich. Zu dem, was ich tue, muss ich auch stehen.

Sollte er sie jetzt abduschen, oder erst später, wenn sie sich erholt haben würde und ein wenig mithelfen kann? Bestimmt würde sie mithelfen... müssen.

Wieder der Anrufbeantworter.

„Hallo. Ich bin nicht zu Hause, aber wenn Ihr wollt, könnt Ihr eine Nachricht nach dem Piepton hinterlassen. Danke.“

„Guten Tag Anja. Hier ist Peter. Ich habe gehört, Sie sind krank - ich hoffe, nicht allzu schlimm - und dachte mir, dass ich Sie - äh - Dich mal anrufe. Schade, Du bist nicht da. Es geht um den Fall Semael, Du erinnerst Dich bestimmt noch an ihn? Ich schreibe gerade einen Abschlußbericht. Es ist eine mystische Sache mit ihm, vielleicht hast Du etwas bemerkt, denn die Autopsie hat ergeben, dass er weder an einer Herzinsuffizienz noch an dem Nierentumor gestorben ist. Er spritzte sich Luft in die Vene. Der hatte seinen Tod geplant. Eine Schwester entdeckte neben ihm eine 20ml-Spritze. Die Frage ist: Woher hatte er diese? Die Polizei interessiert sich für diese Frage. Sie haben mich auch gefragt, warum dies unter einer Aufsicht eines Psychologen geschehen konnte, der in seinem Abschlußbericht keine weiteren Besonderheiten entdecken konnte. Mich geht das nichts an. Ich bin Arzt, kein Aufsichtsmoralist oder so was. Ich bin der Meinung, er wäre früher oder später an dem Tumor gestorben. Er hätte abwarten können, das hätte weniger Wirbel verursacht.

146

Du warst doch mit ihm ein wenig befreundet. Vielleicht weißt Du mehr. Ruf doch mal an, damit wir einen Kaffee zusammen trinken können. Meine Nummer: 2248885 Bis bald."

„Hallo. Ich bin nicht zu Hause, aber wenn Ihr wollt, könnt Ihr eine Nachricht nach dem Piepton hinterlassen. Danke."

„Kumpel Kaiwirsch grüßt Kumpelmine Verheirateteanja. Ich habe Deine Briefe im Hausflur gefunden. Es ist schon eine eigentliche Zeit von 3 - 4 Tagen her und ich dachte, Du würdest Dich mal um Deinen Patientenhausfreund Bernovenba kümmern. Therapie Schwimmhalle, schlagen meine Bilder vor. Melde Dich doch mal bei mir und meinen Bildern - die freuen sich. Äh... übrigens, musst Du die Briefe mal ordentlich waschen, denn jemand muss sie schmutzig getreten haben... und Farbe, oder Blut, ist auch drauf. Tschüs."

Anja suchte in seine Augen zu sehen, doch er sah schnell weg. Nach einigen Malen ist ihm seine scheue Reaktion bewusst geworden und er blickte sofort, voller Starrheit und Hass, zurück, so dass Anja sich abwandte, um ihn nicht zu reizen. Sie überlegte, wie sie zu ihm durchbrechen könnte. Nach dem WARUM zu fragen, wäre plump. Er würde es vielleicht erwarten, und sie würde es vielleicht verderben.

„Was ist los, meine Schnecke? Freust Du Dich, endlich einen Mann gefunden zu haben, der Dich richtig durchvögelt?"

Sven griff in ihre Haare, riss ihren Kopf nach oben und legte seinen schlaffen Schwanz auf ihr Gesicht. „Du siehst: immer kann ich Dir nicht helfen. Einmal muss auch ein Mann ausruhen."

Er ließ seine Eier über ihren Mund taumeln. Sie hätte zubeißen können.

„Wenn Du mir die Hand freimachst, könnte ich Deinen Hoden etwas massieren, und Du wirst sehen, dann steht er Dir wieder." Ihre Glieder waren durch die Fesseln weit auseinandergezogen. Nur bewegen, nur der Krampf soll nachlassen, dachte sie. Sie hatte Glück. Er ging auf ihren ungewöhnlichen Vorschlag ein und löste eine Handfessel. Ohne einen Freudenschrei auszustoßen, weil nun eine Hand, ohne zu krampfen, sich bewegen konnte, kraulte sie seine Eier. Sie nahm seinen Schwanz in den Mund, und bewegte sich schwindelartig. Er war erregt, löste die zweite Handfessel und leitete sie an, damit sie noch mehr, noch schneller, noch tiefer machte. Er gab sich seiner Erregbarkeit hin, stöhnte und schnappte nach Luft, während sie mit feuchten Augen und mit verkrampftem Genick hoffte, er käme endlich und ihre Schmerzen würden etwas stiller werden.

Langsam drehte sich das Zimmer um sie.
Endlich kam er. Sven schob sie zur Seite. Sie war wieder bewusstlos geworden.

Auf dem Hinterhof.

Als Matthias Cars den Hinterhof am späten Nachmittag betrat und Kai sah, wusste er sofort Bescheid. Soso, dachte er sich, sie ist also doch mit diesem Penner zusammen.

Sie wohnt jetzt bei ihm, und er ist hier, um einmal nach dem Rechten zu sehen. Sie haben mich belogen.

„He," rief er Kai November zu.

„He Sie, wo ist meine Frau?"

Kai erschrak, da er nicht bemerkt hatte, wie Matthias von hinten an ihn herantrat.

„Wie bitte?", fragte er, um sich zu versichern, dass er richtig hörte.

„Machen Sie nicht so ein komisches Gesicht. Meine Frau wohnt bei Ihnen. Ich weiß es."

Er packte Kai mit beiden Händen.

„Also, wo steckt sie?", drohte er mit der Kraft seiner Hände.

„Loslassen! Ich vermisse sie selber."

„Lüg mich nicht an!", schrie Matthias und hob Kai in die Höhe.

Kai schloss die Augen und sagte ganz ruhig und bestimmt:

„Ich bin ein Homo. Schwul, verstehen Sie? Einer der berühmt wird, wenn er neurotisch genug erzogen wurde. Verstehen Sie?"

Matthias ließ Kai sofort los.

„Und was machen Sie dann hier? Du lügst doch! Ihr lügt doch alle."

„Ich wohne hier."

„Zeig mir Deine Wohnung!"

Sie gingen beide hoch in die erste Etage, wo sie nach Anja vergebens läuteten, und dann als Beweis in die zweite Etage, auf der das gemalte Wohnungstürschild deutlich anzeigte: Kai November. Nun standen sie da. Stumm. Matthias dachte daran sich zu entschuldigen, er zögerte noch, da die Situation für ihn sehr peinlich war.

Plötzlich wurde die beklemmende Situation von Schritten im Hausflur gestört, die immer näher kamen und vor Kai und Matthias halt machten. Es waren zwei Männer mittleren Alters, die sich als Kripobeamte vorstellten und auch zu Anja wollten. Die Beamten versuchten mehrmals, Anja telefonisch (wegen der Sache Semael) zu erreichen und als es ihnen nicht gelang, wollten sie selber einmal vorbeisehen.

Nach kurzem Hin und Her beschlossen sie, Herrn Neubert zu fragen. Es war die Idee von Matthias, weil Anja diesen Mann einmal erwähnte. Die Beamten fanden den Einfall recht gut, da sie Herrn Neubert, aus der ersten Etage, schon hinter der Gardine sahen, und er sicher schon einiges beobachtet hatte. Solche Typen sehen viel.

Es schien fast so, als ob Sven schon hinter der Wohnungstür gewartet hatte, denn er öffnete kurz nach dem Läuten.

„Guten Abend", grüßte er freundlich und sagte, dass er nichts über Anja wisse. Übrigens, interessiere sie ihn überhaupt nicht.

Zum Abschluss des kurzen Gesprächs sagte er noch: Guten Abend, und schloss die Tür.

Sven zerrte Anja aus dem Eichenschrank und nahm ihr den Gummiball aus dem Mund. Sie keuchte und übergab sich auf seine Hose. Er sprang zur Seite und schlug zu.

„Sieh, was Du gemacht hast, blöde Kuh."

„Tut mir leid. Das wollte ich nicht, Sven."

„Überhaupt habe ich nur Probleme mit Dir. Nicht nur, dass mir mein Schwanz wehtut, ich hatte eben sogar noch die Bullen auf dem Hals. Diese Säcke sind schnell und clever, das hätte ich nicht gedacht. Wer weiß, wie die auf meine Spur gekommen sind?"

Währenddessen entfesselte und entkleidete er sie und zerrte sie mit unter die Dusche.

„Machst Du einen Fehler, Schätzchen, dann bringe ich Dich um! Ich weiß nicht, wie alles enden soll... Vielleicht muss ich Dich ja auch umbringen. Mir bleibt keine Wahl, Dich Stück für Stück zu verbrennen oder einzugraben."

„Nein Sven, bitte nicht. Ich liebe Dich. Vielleicht können wir heiraten und reden nie wieder über diese Sache."

Sie versuchte mit ihren Fingern, sein Gesicht zu berühren. Doch er schrak auf.

„Was? Du liebst mich? Wieso? Du Hexe! Frauen können Männer nicht lieben!"

Er schlug sie mit dem Duschkopf nieder auf die Badkacheln. Sven legte Anja auf sein Bett und erneuerte den Zellstoff zur Wundstillung an ihrem Kopf.

Hässlich sieht sie eigentlich aus, dachte er sich.

Erst faszinieren sie einen und dann finden wir sie abstoßend.

Sie muss wahnsinnige Schmerzen haben.

Langsam strich er über ihre Schulter, entlang der roten und blauen Flecke, wie ein Schiffer auf der Suche nach einem Ankerplatz. Sie kam zu sich.

„Wenn Du frei bist, wirst Du es erzählen und es wird Dir leid tun. Du lügst, denn Du liebst mich nicht. Ich muss Dich töten, auch wenn ich das nicht will."

Er stand hinter ihr und beobachtete sie, während sie durch das Fenster auf den trüben Hof schaute. Langsam sagte sie: „Letztendlich ist niemand frei. Selbst Du würdest mich lieber charmant verwöhnen, als mich in Ketten zu legen."

„Quatsch keinen Scheiß!"

„Glaub mir, niemand ist besser als Du. Jeder - also auch Du - ist liebenswert; und wenn wir gut auskommen könnten, wären wir beide besser dran. Doch solltest Du mich töten, wäre nur ich endgültig frei. Später würdest Du mehr wollen, denn Deine Befriedigung ist kurzweilig, da sie keine wirkliche Sättigung schafft,

152

und irgendwann würden sie Dich fassen." Sie strich mit dem Finger über die Glasscheibe.

„Ich würde gerne Deine Fenster putzen. Darf ich?", fragte sie unschuldig, den Blick immer noch dem Fenster zugerichtet.

Sven kam näher und küsste sie das erste Mal sanft auf die Stirn.

Sie erstarrte. Fast wie ein Liebespaar, schoss es ihr durch den Kopf. Verdammte Heuchelei.

Kai November lief schweren Schrittes durch den Hinterhof.

Sven stieß sie vom Fenster weg, auf den Fußboden.

Es kam ihr wie Stunden vor, bis sie kein Schnaufen oder Stampfen auf den Treppen hörte und Kai in seiner Wohnung verschwand, denn die kräftige Hand, zerrte ihr das Gebiss so weit auseinander, dass der Krampf, der sich dröhnend über ihr Gesicht ausbreitete, jedes Gefühl erlahmen ließ.

Schrill, schrill.

Kai drehte die Musikanlage leiser und ging zur Wohnungstür.

Hoffentlich ist es nicht wieder die BEWAG, dachte er sich und war angenehm überrascht, als ein sportlicher, recht stilvoll gekleideter Mann vor ihm stand.

Dieser fragte mit englischem Akzent und einem Lächeln in den Augen, ob Kai wüsste, wo Frau Cars geblieben sei. Er traf niemanden an, außer Kai und jemandem aus der ersten Etage, der nicht bereit war, die Wohnungstür zu öffnen.

„Ha, Sie sind Herr Paul?", fragte Kai.

„Oh ja. Sie wissen also Bescheid? Sind Sie auch ein Freund der Frau Cars?"

Er reichte Kai seine Hand zur Begrüßung hin.

„Ja, äh - ein Bekannter."

Sie schüttelten die Hände. Kais Hände waren schweißig und klebten ein wenig. Er wusch sich schon ein paar Tage nicht, da der Wasserboiler kaputt war. Herr Paul sah seine Hand an, etwas Schmutz war abgefärbt, und sagte: Oh, ich störe Sie beim Arbeiten, und wischte sich mit einem Taschentuch die Hand wieder frei.

„Ja, äh nein. Sven - also der, der nicht öffnet, öffnet neuerdings auch nicht bei mir. Ich kann also nicht mehr duschen und Wäsche waschen. Vielleicht hat er eine Phase. Die Bilder kommen und gehen."

„Phase, Bilder?"

„Ich meine, wir alle haben so gewisse Abstände, in denen die Charaktermaske selbst zum Gegenstand der seine eigenen Merkmale im Kontext einer positiven Verkör..."

„Oh, ich verstehe. Poco - Loco. Das gibt es überall auf der Welt," unterbrach ihn der Herr.

„Nun aber... können Sie mir sagen, ob Sie etwas über Frau Cars wissen?", fragte Herr Paul und sah flüchtig an Kai vorbei, in seine Wohnung.

Die Tapeten in der Wohnung waren heruntergerissen. Paul sah das Mauerwerk, welches einen kahlen Eindruck machte.

„Ich weiß überhaupt nichts. Niemand ist mehr da und hat Zeit.

Alles ist irgendwie anders...“

Plötzlich wurde es laut im Treppenhaus. Matthias Cars, der die beiden eine Treppe tiefer belauscht hatte, stürmte zur Wohnungstür Sven Neuberts und schlug heftig dagegen.

„Schwein!“, rief er.

„Los, Du Schwein, mach auf!“

„Das ist ihr Mann,“ sagte Kai zu Herrn Paul, der mit wenigen Sprüngen schon unten bei Matthias war und mit ihm gegen die Tür sprang. Herr Paul rief zu Kai: „Avanti, los

call the Police... Polizei, ruf Polizei!“, und ließ sich gegen die neubertsche Tür fallen.

„Moment“, rief Matthias und zeigte auf ein dünnes Blech, welches unter den verrutschten Fußabtreter zum Licht gekommen war. Matthias fuhr mit dem Blech in den Türspalt und hakte das Schloss aus.

Beide fielen in die Wohnung. Sven holte mit dem Messer aus und verletzte den ersten Mann. Der zweite Mann, durch einen unglücklichen Sturz auch verletzt, lag auf Sven am Boden. Sven holte aus, doch zu spät. Schlag erster Mann, Schlag zweiter Mann, das Messer flog in die Gardine. Erster Mann hält Sven, zweiter Mann haut zu.

Anja blutig bewusstlos.

Kai rief die Polizei.

Alle hatten Anja einen Krankenbesuch abgestattet.

Matthias jammerte, er könne dies alles nicht verstehen, und er würde in Zukunft besser für sie sorgen. Kai saß stundenlang neben ihr und erzählte seine Geschichten über seine buntdrehenden Bilder. Für ihn war alles, was mit Anja passiert war, nicht begreifbar. Gerade deshalb mochte Anja ihn dulden.

Peters Besuch hingegen war lästig. Er versuchte, Anjas Gedächtnis in Frage zu stellen, in dem er behauptete, Herr Semael hätte offen und überall von seinem Selbstmordplan erzählt. Das war nicht wahr, sie hatte ihn soweit, dass er auf natürliche Art und Weise sterben wollte. Den Selbstmord beging er wahrscheinlich, weil er die Schmerzen nicht mehr ausgehalten hatte. Oder?

Ihr fiel ein, dass er sie nach der Spritze fragte, nachdem dieser Brief ihn erreicht hatte, nachdem er seine Liebesgeschichte mit Sabine erzählt hatte und nachdem sie den Brief für seine Frau an sich genommen hatte.

Anja nahm sich vor, Sabine und Semaels Frau zu besuchen, sobald sie aus dem Krankenhaus entlassen werden würde.

Es klopfte vorsichtig an die Tür. Die Klinke senkte sich langsam.

Sean steckte seinen Kopf durch die Tür und lächelte sofort, als er Anja sah.

„Gott sei Dank, Dir scheint es besser zu gehen."

„Sean!"

Sie umarmten sich.

„Ich habe so auf Dich gewartet."

„Ich wollte nicht so oft kommen, damit..."

„Ich wünschte, Du würdest oft kommen."

„Hier. Die habe ich Dir mitgebracht."

Er gab ihr einen Strauß Rosen.

Langsam stand sie auf, um nach einer passenden Vase zu fragen.

„Anja, komm mit mir. Wir kaufen uns irgendwo ein großes Haus, in dem ich meine geschäftlichen Dinge regeln kann, und wo Du Dich erholen wirst. Vielleicht könnten wir, nach angemessener Zeit, Kinder haben. Aber zunächst musst Du versuchen zu vergessen, sonst erdrückt es Dich."

Sie goss Wasser in die Vase und stellte die Rosen hinein.

„Vergessen müssen, ist wie Lügen. Ich kann das nicht verdrängen, auch durch Kinder nicht."

„Sicher ist vergessen nicht das richtige Wort. Ich möchte mit Dir zu einem Ort, an dem Du nicht immer wieder daran erinnert wirst."

„Zum Beispiel?"

„Nach Griechenland."

„Was ist mit Deinen Häusern auf Mallorca und in Dublin?"

„Die sind zunächst auch gut genug."

„Ich weiß nicht. Ich will die Zeit zurück drehen, aber nicht fliehen."

„Kein Fliehen, Anja. Nur eine längere Pause. Ich lade Dich für einen Sommer nach Palma ein, O.K.? Dann werden wir sehen."

„Und meine Arbeit? Sie werden mich ungern gehen lassen."

„Ich habe Möglichkeiten, Dir viel interessantere Krankenhäuser anbieten zu können."

„Das geht zu schnell."

„Anja, wenn Du nicht in diesem Sumpf weiter schwimmen willst, musst Du etwas ändern. Das ist Leben."

„Hör auf. Bitte überroll mich nicht. Noch liege ich im Krankenhaus und pflege meine Wunden."

„Tut es denn noch sehr weh?"

„Es wird besser. Ich kann wahrscheinlich morgen schon entlassen werden."

„Na prima..."

Peter trat in das Zimmer. Er hatte nicht mit Besuch gerechnet und sah nun erstaunt in Anjas und Seans Gesicht.

„Ach, Du hast Besuch?"

„Ja, das ist Herr Paul und das ist ein Kollege," stellte sie kurz vor.

„Ich kann später wieder kommen," sagte Peter.

„Oh, nein bleiben Sie. Ich wollte sowieso gehen," warf Sean ein.

„Sean was soll das? Bleibe bitte noch hier“, stieß sie aus, und zu Peter gewandt: „Peter hat bestimmt nicht viel zu sagen? Oder, was gibt es Neues?“

Das brachte Peter schließlich ganz aus dem Konzept, so dass er stammelte: „Ich wollte mich nur vergewissern, ob der Heilungsprozess Fortschritte macht...“

„Macht er. Danke.“

„Mhm, na gut. Also, dann, gute Besserung. Bis später. Tschüs.“ Und er verschwand.

„Was sollte denn das?“, fragte Sean Anja.

„Nicht nur, dass er etwas von mir will: er war auch der behandelnde Arzt Semaels.“

„Na und?“

„Ich weiß nicht recht, ich habe nur eine Ahnung, aber der Tod Semaels kam mir etwas zu rasch. Zwar war er recht labil und innerlich aufgewühlt - mich hat er gefragt, ob ich ihn beim Sterben helfen kann - doch den letzten Schritt zu gehen... und das trotz seiner Labilität, recht professionell... hätte ich ihm nicht zugetraut.“

„Vielleicht täuschst Du Dich. Über Angelo hängt eine düstere Geschichte. Momentan muss ich wegen dieser Geschichte vor Gericht aussagen. Er soll ein Tötungsdelikt begangen haben.“

„Nein!“

„Es war ein Unfall. Ich war dabei.“

„Du musst Dich für ihn einsetzen! Er war kein schlechter Mensch."

„Aber sicher, er war auch mein Freund."

„Und zum Schluss wart ihr wegen Sabine Konkurrenten."

„Sabine hat bei mir vor David Angelo Schutz gesucht. Nichts weiter. Das habe ich Dir doch erzählt."

„Angelo erzählte mir eine andere Version... Er hat Frau und Kinder. Kennst Du sie?"

„Davon hat er mir nichts erzählt. Das muss vor meiner Zeit gewesen sein."

Sean wollte nicht zu tief aus seiner Beziehung zu Angelo plaudern, deshalb log er.

Anja war keine dumme Frau. Zu schnell würde sie die treffenden Fragen finden, die Seans Leben in ein zu helles Licht legen würden. Er wollte Anja haben, als Frau für Kind und Haus und nicht als Mitwisserin.

Er hatte das Tarnen satt, nur nicht mehr spielen müssen und Angst haben. Eine Vergangenheit konnte er sich nicht mehr leisten.

„Pass auf, Sean. Ich werde mich über die nächsten Tage entscheiden und Dich anrufen."

So verblieben sie. Er machte sich auf zu seinem Hotel an der Prenzlauer Allee, in dem sich, nichts ahnend von Sean Pauls Anwesenheit, Sabine eingemietet hatte, um sich hier für später in aller Gelassenheit einen festen Wohnort zu suchen, denn sie hatte vor, sich mit ihren Zirkus hier niederzulassen.

Kai beobachtete den Motorradfahrer schon eine halbe Stunde. Er kam auf dem Motorrad entlang getuckert, hielt 10 Meter vor Kais Sitzbank an und fing an, die Maschine zu befummeln. Kai rauchte in aller Gelassenheit sein Zeug und studierte die Gesichtszüge des Motorradliebenden.

Früher oder später würde er Kai bitten, dass er beim Festhalten hilft.

Doch es kam anders.

Der Fahrer schlug erbost auf den Motor, der sofort auf die Reanimierung anschlug und einen knorrigen Ton von sich gab.

„Nimmst Du mich ein Stück mit?“

„Klar. Wohin denn?“

„Weiß nicht. Ich habe meine Bilder verloren und will sie suchen.“

„Wo hast Du sie denn verloren?“

„Was weiß ich.“

„Na los komm... Übrigens,“ er zeigte auf die Maschine, „das ist Emma.“

„Hi Emma.“

Sie stiegen auf und fuhren los.

Nicht gut sah Matthias aus, als er Sean im Foyer des Krankenhauses begegnete. Er hatte die letzten zwei Tage schlecht geschlafen, sein Kopf schien ihn vernichten zu wollen. Wie geht es weiter, war die Frage, die er sich immer wieder stellen musste, denn es war jetzt auch für ihn offensichtlich, dass seine Frau diesen Herrn Paul liebte. Sie selbst hatte es ihm bei seinem ersten Besuch im Krankenhaus gesagt. Am liebsten hätte er ganz kühl reagiert und wäre mit den Worten „Du verdienst mich nicht!" gegangen. Doch er weinte vor ihrem Bett und besann sich erst, als routinemäßig die Schwester kam und ihr ein Thermometer brachte. Mittlerweile ist er zu seinem alten Standpunkt zurückgekehrt, der lautete: Ich habe sie nicht verdient, sie ist zu klug und zu schön für mich; ich bin ein Nichts und kann froh sein, dass wir überhaupt geheiratet haben. Doch der Gipfel der Matthias - Kasteiung zeichnete sich dadurch aus, dass er sich die Schuld für Anjas Tortur der Vergewaltigung gab. Hätte ich sie halten können... wäre sie nicht gegangen... wäre alles anders.

Deshalb freute sich Matthias, als er dem Mann begegnete, der augenscheinlich alles besser machte.

Sean schlug Matthias vor, in das Krankenhauscafé zu gehen, um sich dort zu unterhalten.

Auch hier bewahrte Sean seine innere Ruhe, mochte auch Matthias von einem seelischen Tief in das andere fallen.

„Ich begreife es nicht, Herr Paul. Die letzten qualvollen Tage mit ihr haben mich völlig ausgelaugt, und stellen Sie sich vor, ich warf wegen einer Lappalie, eines Missverständnisses, einen Schrank um, Gläser, Geschirr zerschmetterte ich und letztlich kam ich in ein Handgemenge mit ihr, unter dem ich sie wahrscheinlich auch schlug. Sie erzählte es mir. Ich kann mich an nichts mehr erinnern. Ich sah rot, blinde Dummheit."

„Stritten Sie sich oft?"

„Nein, jedenfalls nie so, dass ich unberechenbar wurde. Ich habe Anja nicht verdient. Eine Trennung war nicht zu verhindern gewesen."

„Na, kommen Sie wieder hoch. Es gibt Millionen Frauen an Bord. Da ist für jeden..."

„Ich liebe meine Frau! Bin gefangen von ihr. Außerdem würde ich bei anderen Frauen immer wieder dieselben Fehler machen. Ich drehe mich im Kreis. Ich habe Angst, mich wieder aufzuregen, zum Tier zu werden, und doch - eine Frau, die mich nicht aufregt, interessiert mich nicht."

„Ich finde Ihre Frau auch sehr anregend. Wir sind Rivalen."

„Da bin ich mir nicht so sicher. Ich kenne Anja und weiß was sie will. Für ein Abenteuer, für ein gegenseitiges Aussaugen und Einsaugen von Leben ist sie bereit."

„Ich biete Sicherheit und Ordnung für ihr Leben, damit es nicht auseinander bricht."

„Sie sind kein Deutscher. Bei Ihnen wird sich Anja nicht wohl fühlen. Würde ich mich nicht immer so schnell aufregen, wäre dies alles gar nicht so weit gekommen."

„Ich glaube Sie irren sich, Herr Cars. Anja wird mit mir nach Dublin fliegen. Wir haben vorhin darüber gesprochen; und zu gegebener Zeit möchten wir ein oder zwei Kinder."

„Sie lügen!"

Matthias sprang auf.

„Anja wollte erst ein Kind, wenn sie Stationsärztin ist und ich meinen Meister habe!"

„Setzen Sie sich doch!"

Er setzte sich.

Sean fuhr fort: „Es ist normal, dass Frauen Kinder möchten. Erst recht deutsche Frauen... irische Männer sowieso. Vielleicht hat sie sich überlegt, ihren Lebensplan in meine Richtung hin zu verändern."

„Sie zerstören meine Ehe!"

„Eure Ehe existiert nur auf dem Papier. Wir lieben uns. Sie lieben Ihren Wahn. Sie können Anja gar nicht genießen!"

Matthias' plötzlicher Versuch, den Kaffee in das Gesicht seines Konkurrenten zu schleudern, misslang, da nur noch wenige Tropfen in seiner Tasse waren, die allesamt über den Kopf flogen.

Hiermit wurde das Gespräch beendet. Matthias eilte schleunigst zu seiner Frau und Sean grübelte, während er noch im Café sitzen blieb, warum er sich zu so einem Gesprächsverlauf hatte hinreißen lassen.

blieb, warum er sich zu so einem Gesprächsverlauf hatte hinreißen lassen.

Teil II

Sitzt nun da, gefangen, die Erwartungen suchend, die Zufriedenheit hassend; keiner, der an ihrem Körper teilhaben kann, einen Sinn erhoffend, einen Weg zu der ewigen Frage: Was hat mich so anders gemacht? Hier in Deutschland, so viele Menschen, dürfen nicht alle schlafen. Wer sah meine Schmerzen, wer sieht mein Leid? Wer wirft mich heimlich umher? Wann kann ich den Punkt halten, der mich bestimmt?

„Nein, Du rufst ihn noch nicht an. Wenn er Dich liebt, wird er es verstehen.“

„Ach, Katja es ist so schwer...“

Es waren nun drei Tage her, als Anja zu Katja flüchtete. Ich brauche Zeit zum Heilen, waren ihre Worte, doch mittlerweile war sie sich nicht mehr sicher, vor wem sie flüchtete. Das war auch Dienstag nicht sicher, es sei denn, ihre Flucht bezog sich auf alle Männer der Welt und nicht auf einen einzelnen.

Inzwischen erinnerte sie sich an Seans Angebot, welches sie in unbekannte Verhältnisse führen würde. Das Neue ist immer das Beste, hatte er gesagt, was nun, nachdem sie so zu Boden getreten und gedemütigt worden war, mehr Faszination bekam. Nur weg hier und alles vergessen.

„Katja, ich werde auf Seans Angebot eingehen.“

168

„Was treibt Dich? Wenn Du Dich langweilst, kannst Du mir einen Weg ersparen und Ron aus der Kita abholen. Normalerweise war dies Torstens Aufgabe.“

„Ja, mache ich. Ich langweile mich aber nicht, ich will nur alles hinter mir lassen.“

„Vergessen ist das Beste, würde ich auch gern, doch Ron lässt dies nicht zu. Durch ihn bin ich immer mit Torsten verbunden, egal wo er ist. Das müssen wir akzeptieren, wenn wir Kinder haben wollen.“

Anja schluchzte auf. „Es ist noch nicht klar, ob ich noch Kinder haben kann...“

Katja nahm sie in ihre Arme.

„Weißt Du, ich habe immer noch Angst, dass ich mich fälschlicherweise - aus einer Laune heraus - von Matthias getrennt habe, denn wenn ich konsequent meine Männer auswählen würde, fiele die Wahl wieder auf Matthias zurück. Doch wer ist schon hart und rational und entbehrt freiwillig so völlig das Lustspiel des Lebens? Ich sehe nun mal gut aus!“

„Aber die Verantwortung gegenüber denjenigen, denen Du Dich aufdrängst?“

„Sie wollen mich doch. Die werden doch alle geil, nur weil ich mal freundlich Guten Tag! wünsche. Ich dränge mich nicht auf. Glaub nicht, ich würde immer klar sehen und wissen was ich will. Das Gefühl der Liebe, dieses ZU JEMANDEM EINE BEZIEHUNG

HABEN, kann man nicht auswählen. Wenn ich eine Beziehung konsequent beschneide, schade ich mir mehr als den Beschnittenen. Der Beschnittene sagt: Die ist doof. Mir aber krampfen die Narben. Leider spürte ich nach der Trennung von Matthias keine Wunde, keine Narben, sondern nur ein Vakuum, das mich peinlich berührt, da wir es jahrelang gepflegt und beschützt haben, als ob es die Heiligkeit an sich wäre. Ich schäme mich und muss mich fragen, seit wann ich ihn nicht mehr geliebt habe und vielleicht auch, warum. Tja, das ist eines meiner Probleme momentan.“

„Warum holt Papi mich nicht ab?“
„Ich weiß nicht, vielleicht muss er arbeiten.“
„Papi arbeitet immer.“
Anja lief mit dem 6-jährigen Ron langsam durch den Herbst nach Hause. Am Spielplatz machten sie halt, denn Ron wollte noch rutschen. Gut, dachte sich Anja, werde ich ein wenig auf der Bank lesen.
Ron fand sich auf dem Spielplatz schnell zurecht, rutschte, schaukelte und spielte mit anderen Fangen.
Anja konnte nicht lesen, ihre Gedanken fanden keinen festen Punkt; immer wieder blickte sie auf, schaute nach den Jungen und verlor ihre Trübe, die während des Blickes auf das Buch gekommen war, wenn sie die Kinder unbesorgt spielen sah. Das Buch, welches den Nachweis der Beziehungslosigkeit zwischen Frau und Mann

zur Thematik hatte, war mit all seinen Konstrukten lächerlich, gegen den Charme und die kindlichen Einfältigkeit, da hatte nichts Bestand, was nicht dem größten Plappermaul recht war und nichts war möglich, wenn nicht die letzte Rotznase dazu überredet werden konnte. Wer am lautesten schrie, hatte immer recht, auch wenn er nur sechs Jahre alt war, auf gar keinen Fall Bulle werden wollte und Ron hieß. Doch plötzlich war Ron nicht mehr zu sehen. Selbst die Kinder, mit denen er Fangen gespielt hatte, waren verschwunden.

Sie suchte und rief nach Ron, doch nichts.

Was nun? Ist er alleine nach Hause? Nein. Ist er etwa zum Vater, um zu prüfen, ob er arbeitet? Hoffentlich nicht.

Sie musste Katja informieren; eine Telefonzelle, wo ist eine Telefonzelle?

Während Anja versuchte, Katja zu erreichen - leider hatte sie nur den AB an der Strippe, kamen die Kinder frisch und fröhlich mit einem Eis in der Hand zum Spielplatz zurück.

Als Ron mit dem Dicken wiederkam, bemerkte er mit Adlerblick und Teufelsangst sofort, dass er im Stich gelassen worden war.

Niemand - selbst der Dicke nicht - konnte seine Tränen aufhalten.

„Warte, mein Junge. Deine Mama vergisst Dich doch nicht. Sie kommt gleich wieder. Vielleicht holt sie sich auch ein Eis."

„Ist gar nicht meine Mama!"

Der Dicke macht große Augen und pfiff: „Deine Freundin also...
Als ich so alt war wie Du...“

„Nee, ist nicht meine Freundin, ist ja immer nicht da!“

„Ron!“, rief Anja aus der Ferne.

„Mensch, habe ich Dich gesucht.“ Hastig kam sie näher.

„Nee, Frau Doktor, wir haben Sie gesucht“, lachte der Dicke ihr entgegen.

„Ach, hallo, Herr Koch.“

„Genau, immer bist Du weg! Das sage ich Mami, dass Du nicht auf mich aufpasst.“

Er sei der Schuldige, gab Herr Koch zu. „Oft“, sagte er, „wenn ich vom Dienst nach Hause laufe, schlenkere ich schräg über den Spielplatz, um den Kindern eine kleine Freude zu machen. Zu Hause erwartet mich nichts weiter als mein dicker Kater Romeo, der sich schnell mit mir versöhnt, wenn ich mal etwas später komme, denn neben dem Spielplatz liegt gleich das Zoogeschäft, bei dem ich ein angesehener Käufer bin.

Romeo hat keinen Hunger zu befürchten. Doch dieses Mal gab es eine Störung im gewohnten Ablauf...“

Während Herr Koch auf der Parkbank sich mit Anja über Krankenhaus, Kinder und alle möglichen anderen unterhielt, merkte er, wie kalter Schweiß sich auf seiner Stirn bildete. Er begann zu transpirieren. Zunächst versuchte er, es nicht weiter zu beachteten, doch als er aufstand, um sich von Anja zu verabschieden, schwindelte ihm.

„Mir ist nicht gut...", stammelte er, bevor er zu Boden sackte. Es war für Anja unmöglich, diesen großen und dicken Mann zu halten. Schnell drehte sie ihn und legte

seine Beine steil nach oben auf die Bank.

Die Kinder kamen.

Herr Koch wohnte in einer der Stalinbauten, die ehemals für monumentalen Prunk standen, doch heute nur noch eine Lebensberechtigung für Denkmalschützer darstellen.

Die marode Einzimmerwohnung, die der Dicke belegte, war von den Fettgerüchen des unter seiner Wohnung liegenden Steakhauses eingenommen. Eine Lüftungsanlage einzubauen war an dem denkmalgeschützten Haus verboten, so dass alle Mieter zum Lüften entweder die Autoabgase der Frankfurter Allee in ihre Räume ließen oder den Smog des Essen aus dem ersten Stockwerk.

Herr Koch kramte in einem Schubfach nach seinem Blutzuckergerät. Romeo schaute den Dicken bei seinem Tun zu. Sicher war er der Meinung, sein geduldeter Mitbewohner sollte ihm lieber etwas zum Naschen herauslegen, statt Fremde mit ins Revier zu schleppen.

Anja, die Herrn Koch in seine Wohnung begleitet hatte, saß auf der Couch und besah sich ein Buch von de Sade aus der umfangreichen Antiquariatssammlung. Es war ein ledergebundenes Buch, herausgegeben 1962, mit einem ausführlichen Vorwort für die Benutzung des Wissens, welches dort angeboten wurde. Anja las laut: „Die Abgabe erfolgt im Subskriptionsverfahren oder gegen die schriftliche gegebene Erklärung, dass der Bezieher das einundzwanzigste Lebensjahr vollendet hat, auf den vorurteilsfreien Inhalt der Bände vorbereitet ist, an demselben keinen Anstoß nehmen und das Werk unter Verschluss halten und nur einem Personenkreis zugänglich machen wird, der auf Grund seiner Vorbildung zur objektiven Beurteilung in der Lage ist… Frauen hatten zu diesem Wissen bestimmt keinen Zutritt. Würden Sie mir dieses Buch ein paar Tage borgen?“

„So da ist es. Ach, Sie haben meinen Liebling in der Hand.“

„De Sade? Ich habe ihn nie gelesen.“

„Eine ganz besondere Ausgabe. Natürlich können Sie es einige Zeit haben. Ich werde es Ihnen einpacken, aber erst einmal will ich meinen Blutzucker messen. Nebenbei bemerkt, haben die meisten Frauen mit der Begründung, es würde ihr Leben nicht betreffen, de Sade nie geschmökert.“

Er stach sich mit einen zum Gerät gehörigen Stift in den Mittelfinger, presste einen Tropfen Blut vorsichtig heraus und balancierte ihn auf ein weißes Blättchen, welches im handgroßen Gerät steckte. Sofort gab der Apparat mit einem PIEP Meldung

174

ab, dass er den Serumtropfen erhalten habe. Ein weiterer PIEP zeigte den erstaunlichen Unterwert an.

Herr Koch: „Oh.“

Frau Doktor A. Cars: „In diesem Fall dürfen Sie sofort zwei Stückchen Schokolade essen.“

„Nur wenn Sie auch ein Stückchen essen, denn Sie wissen ja: Allein essen macht dick. Hier, ich habe eine ganz besondere Schokolade aus Salzburg.“

Er reichte ihr zwei Stückchen. Sie nahm sie mit Genuss.

„Mhm, Herr Koch, ich ahnte ja nicht, was Sie für ein Feinschmecker sind.“

„Es sind die Genüsse, die das Leben liebenswert machen. Auch de Sade war im Kern ein Mensch des Geistes und des Genusses. Später wurde er zum Gehetzten, zum Sklaven seiner Zeit. Seine Befriedigung entstand durch die pure Lust. Das Genie spielt mit den Lügen der anderen, die nicht verstehen können, dass das Leben nicht nur normativ sein kann.“

„Leben ist nicht nur Genusssucht, dafür sind wir eine Zivilisation. Wir machen doch täglich notwendige Dinge, die mit Genuss nichts zu tun haben, jedoch viel mit unserer Sozialisation.“

„Aber sicher doch, Frau Doktor. Einen dauerhaften Genuss gibt es natürlich nicht, ebenso wenig wie es die dauerhafte Provokation oder Obsession gibt.“

„Aber brauchen wir denn wirklich die Provokation und Obsession? Sind das nicht nur Ausflüchte und Krücken?“

„Sehen Sie mich an, Frau Doktor. Glauben Sie, jemand mag diesen, meinen fetten Körper? Es ist Jahre her, dass mich jemand gestreichelt und liebkost hat. Ich bezahle einen Masseur, einen Friseur, eine Hure, damit mein Körper berührt wird. Andere Säugetiere berühren sich täglich mehrmals - mit größter Zärtlichkeit! - und ich muss Wochen vorher feste Termine machen. Wenn ich jemanden dazu bekommen kann, mich unbefangen zu berühren, dann nur durch die befreite Lust, die überwältigt und von kurzer Dauer ist. Unsere fürsorglichen und diskriminierenden Augen der Mütter, die in uns allen stecken, zwingen mich zur Provokation und Obsession. Ich brauen doch Selbstbewusstsein. Bin doch kein Tier. Diese ängstlichen Augen der Massendiktatur können einen fetten Mann nicht akzeptieren, der ohne Bezahlung liebkost werden will. De Sade hätte alle braven Frauen der Welt haben können und wäre gestorben an ihnen, denn wenn man sich diesen braven Frauen nachgibt, nur um ein Leben wie alle anderen zu führen, dann stirbt man in den Lügen und Kompromissen, die diese Frauen fordern. Er zog die Lust und das Leben vor.“

„Herr Koch, Sie sind ja ein kleiner Schwarzmaler.“

„Wieso Schwarzmaler? Mein Leid ist real. Oder können Sie etwa meinen fetten Körper lieben? Ich wette, Ihnen hat niemand gesagt, dass Sie dies können. Vielmehr wird man Ihnen erzählt haben,

176

wie ekelerregend fette Menschen sind, sie stinken und schwitzen. Nichts für Sie. Sie haben etwas Besseres verdient. Doch eine kleine Abweichung vom System und ich könnte für Sie geeignet sein. Ein Autounfall – oder Sie verbrennen sich ihr Gesicht, sind danach hässlich, nicht liebenswert. Doch ich als Außenseiter, einer, der sowieso nie in Betracht kommt, verstehen Sie - und bums – Sie haben sich in einen fetten Mann, der nun gleichwertig hässlich ist, verliebt.“

„Sie kennen sich mit mir sehr gut aus. Doch etwas möchte ich noch richtig stellen, denn vielleicht komme ich sogar trotzdem in Betracht, denn ich achte überhaupt nicht auf Äußerlichkeiten.“

„Jetzt kommen wir wieder zum Anfang unseres Gespräches zurück. Ich glaube schon, Sie wissen das Schöne zu schätzen, den Genuss zu verehren und das Außergewöhnliche zu lieben. Ihr Verständnis, Ihre Offenheit macht Sie zu einer außergewöhnlichen Frau. Sie müssen einfach ein Blick für das Schöne haben, wenn es in ein Zimmer kommt.“

„Aber ja doch, Herr Koch, Sie haben die Gesprächsebene gewechselt.“

„Sie haben das gesagt, was jeder sagt. Schönheit sei oberflächlich. Ha, was für eine dumme und diskriminierende Moral! Ich verachte jede Art von Gleichmacherei und Entpersonifizierung. Ich möchte in jedem Menschen etwas Besonderes sehen...“

„Genau, ich auch.“

„Und Schönheit, auch wenn der Geist einiges offen lässt, ist in der Allgemeinheit etwas besonderes. Michelangelo hat mir gezeigt, wie schön und sinnlich Männer aussehen können, die nicht hasten und rennen, sondern das Geistige und die Maßlosigkeit an sich sind. De Sade fand das Schöne in einer unterstreichenden und radikalen Form, und meine exquisite Schokolade mundet mir nicht nur vortrefflich, sondern bildet die Natur meines Körpers maßlos schön aus.“

Beide lachten über diese gekonnte Wendung.

„Ich widerspreche Ihnen nicht im geringsten, Herr Koch.“ Sagte Anja. „Aber das was die Natur geschaffen hat, sollten wir als vorhanden nehmen und nicht mit Formulierungen degradieren. Dadurch entsteht zu viel Leid. Deshalb - und weil Menschen schnell verletzbar sind - gehe ich achtsam mit dem Wort Schönheit um.“

„Am Ende möchten Sie eine Lüge von mir hören? Ich dürfte nicht mehr sagen, dass Sie eine schöne Frau sind, dass mir die Verpackung dieser Schokolade auch sehr gut gefällt und Sie müssten sich verbieten zu denken: Igitt, ist dieser Mann fett!“

„Herr Koch, das meine ich doch nicht. Sie wollen mich nicht verstehen.“

„Nein? Sie ekeln sich nicht vor mir? Kommen Sie her und küssen Sie mich - es sieht keiner! Machen Sie es einfach, ohne Konsequenzen.“

178

Sie wusste nicht, ob er es ernst meinte. Ihre Klarsicht wurde getrübt durch eine Wolke, die Sven Neubert hieß.

Es hat immer Konsequenzen, schoss es Anja durch den Kopf, selbst wenn es auch nur die Erfahrung wäre, Ekel stellte vielleicht doch keine Faszination dar.

„Herr Koch ich werde Sie nicht küssen. Hören Sie damit auf!“

„Frau Doktor, Sie leben in diesem Schönheitsdiktat.“

„Vielleicht ja, vielleicht Sie sind einfach nicht mein Typ. Fakt ist, wenn ich nicht ansprechend aussehen würde, wäre ich Ihnen egal.“

„Eben, ich behaupte nichts anderes. Ich leide unter der Anpassung des Geschmacks, ebenso wie Sie - kluge Menschen müssen darunter leiden - und deshalb wäre es leicht, mir unverbindlich einen Kuss zu geben.“

Sie stand auf, stellte sich vor den Dicken, der noch immer auf dem Sessel saß, und beugte sich langsam zu ihm hinunter - schnellte aber, kurz bevor sich ihre Münder trafen, nach oben und band ihre Haare fest, damit sie nicht wieder nach vorn fallen würden. Herr Koch saß noch immer bewegungslos und blickte Anja an. Kurz und bündig, küsste sie ihn. Bevor sie sich wieder aufrichten konnte, umfasste der Dicke Anja, hielt sie und führte seinen Mund zu ihrem (ohne Gegenwehr), für einen noch innigeren und ausgedehnteren Kuss.

Doch dieser Kuss wurde stark durch Anja gekürzt, denn sie stieß sich rasch von ihm.

„Halten Sie mich nie wieder fest!“, fauchte sie ihn an, griff zum Buch und zum Mantel und war zum Gehen bereit. Romeo legte sich vor die Wohnungstür.

„Entschuldigung, ich wollte Ihnen nicht... irgendwie...“

„Schon gut, ich muss gehen und sehen, ob Ron auch alleine nach Hause gefunden hat. Ihnen ist die Schokolade gut bekommen. Sie brauchen mich nicht mehr. Tschüs.“

Sie vertrieb sie Romeo von seinem Platz vor der Tür und verschwand aus der Wohnung.

Herr Koch stützte sich schwer aus seinem Sessel hoch, schob noch ein Stück Schokolade in den Mund, schaute auf seiner Uhr nach, ob es Zeit war zum Lüften.

Nein, es war erst gegen 18.00 Uhr; etwa sechs Stunden würde die Gastronomie unten noch laufen.

Er ging zum Schreibtisch, kramte sein Tagebuch hervor, schlug es auf und setzte sich um sein täglich Erlebtes zu dokumentieren. Komisch, dachte er, gerade heute, wo es doch so viel zu beschreiben gäbe, fehlt mir der rote Faden. Mit einem „Alles belangloses Zeug!“, schmiss der Dicke sein Tagebuch unter die Couch. Fauchend rannte Romeo aus dem Zimmer.

Keine zehn Minuten hätte Anja normalerweise für den Weg zu Katjas Wohnung in der Simon-Dach-Straße benötigt, wäre ihre schwere Last aus ihrem Kopf gesprungen und hätte sich wie eine

180

Erkältung oder ein böser Traum in der Vergessenheit verloren. Doch die Sache war die: bei Katja konnte sie nicht länger wohnen. Freundin gut und schön, aus der Ferne sicherlich ertragbar, jedoch Leben, - mit jemanden leben - heißt auch Kritik annehmen. Nun, gerechtfertigt oder nicht, wer mag das beurteilen, doch Kritik muss fallen, wenn der Mensch einen wichtigen Platz im Leben, im Herzen erhält. So schnell, wie sie Torsten rausgeschmissen hat, so schnell weggedrückt und vielleicht auch für sie gleichgültig werde ich sein, überlegte Anja und fasste den Entschluss, nicht mehr auf der Flucht zu sein und wieder ihre Hinterhauswohnung in der Rigaer Straße zu bewohnen. Oder vielleicht war sie gerade jetzt wieder auf der Flucht? Wenn Anja ehrlich nachdachte, kam sie an ihrem Eingeständnis nicht vorbei, Katja zu lieben - Na ja, also: achtete und bewunderte, was sicherlich auch Liebe genannt werden konnte. Aber bewunderte Katja auch Anja? Nein, sie hat doch ganz andere Probleme, sagte Anja sich und dachte daran, wie sehr Katja noch mit Torsten kämpfte.

Gibt es eine sexuelle Anziehung zwischen Katja und mir?. Projiziere ich mich in Katja hinein? Ist Neid und Selbsthass im Spiel? Flucht vor männlicher Gewalt? Vor der festen Hand? Ich weigere mich zu entscheiden.

Bevor ich alles mit zweifelhaften Offenbarungen zerstöre, entziehe ich mich der Konstellation und versuche für mich selber ins Reine zu kommen. Dieses Minimum an Zuneigung ignoriert allzu leicht die scharfe Grenze zwischen Hetero- und Homosexualität. Wenn ich darüber nicht bis in das tiefste Warum nachdenke, halte ich nie den Punkt in der Hand, der das Treiben bestimmt.

…Komisch auch, was mir der Dicke erzählte. Sean soll am Tag des Todes bei Angelo gewesen sein. Weshalb hat mir Sean nichts davon erzählt? Schritt für Schritt werde ich alles klären, und der erste wird heute geschehen, indem ich mich ein Stück von Katja entferne. Ich muss die bittere Wahrheit akzeptieren, sie nie wirklich lieben zu können, solange sie noch vom Penisneid zerfressen wird. Ich kann mir niemals klar sein, ob ich wirklich lesbisch leben will, oder ob meine Angst vor diesem Neubert mich dahin geführt hat. Ich müsste ihr etwas vormachen. Dies ist kein gesunder Boden. Freudig über ihren eigenen Beschluss kaufte Anja ein Strauß Blumen für Katja, lächelte darüber, denn sie wusste, sie würde diese Blumen eigentlich für sich kaufen und ging schnellen Schrittes zu den beiden. Katja und Ron. Eine Familie mit Vater auf Besuch und nachweislichem Kontoauszug.

„Hallo Ron, ist Mama nicht da?“

„Einkaufen.“

„Gut. Was malst Du denn da?“

„Das ist Papa, Mama, Tisch, Ron, Stuhl, Sonne.“

„Und da hinter dem Gitter; wer ist das?“

„Du. Papa hat Dich dahin gemacht.“

„Wieso denn?"

„Weil er wiederkommt."

„Ach Roni, wenn ich gehe, komme ich auch nur noch zum Besuch
zu Euch."

„Das ist nicht schlimm. Dafür kommt Papa."

„Dich zu besuchen."

„Gar nicht! Für immer! Bäh."

„Ich werde von selbst verschwinden, aber vorher mache ich noch
einige Anrufe."

Sie ging zum Telefon und wählte die Nummer des Hotels, in dem
Sean wohnte.

„Sean, hier ist Anja."

„He, wo warst Du?"

„Bei einer Freundin. Ich konnte nicht mehr in das Haus gehen.
Die Erinnerung, Du verstehst?"

„Ja, aber Du hättest bei mir..."

„Nein Sean, ich kann momentan nicht mit einem Mann... Ich
rufe aber an, um Dich etwas zu fragen."

„Du kannst mich alles fragen. Aber was heißt: momentan nicht
mit einem Mann?"

„Sean, lass uns später darüber reden. Bitte nimm es nicht zu
persönlich. Dieser Sven Neubert hat eine Wunde in mir
hinterlassen, die einige Zeit der Heilung bedarf. Gut. Aber nun zu

meiner Frage: Hast Du Angelo am Tag seines Todes im Krankenhausbesucht?"

„Aber ja, woher weißt Du es?"

„Du wurdest gesehen. Warum hast Du mir nichts erzählt?"

„Ach, warum ich Dir das nicht erzählt habe... Warum hast Du mir nicht erzählt, wo Du steckst?"

In diesem Augenblick schloss die Wohnungstür und Katja trat herein.

„Du telefonierst?"

„Mama, Mama, guck mal!"

Ron hielt ihr um Aufmerksamkeit drängelnd sein Bild vor die Nase.

„Was hast Du gesagt, Sean?"

„Komm doch heute Abend vorbei."

„Nein, morgen? 21.00 Uhr Titanic? Bis später."

Sie beendete das Gespräch.

„Hey, Katja." Anja stand nun mit Ron und Katja in der Küche. Katja packte den Einkauf aus den Taschen und stellte ihn an die dafür vorgesehenen Stellen. Für Ron hatte sie ein kleines Auto gekauft. Er nahm es mit einem „Oooohr" an, und war sofort in seiner Traumwelt verschwunden.

„Ich war für uns einkaufen und habe Torsten ein paar Dinge wiedergegeben. Er will in seiner Wohnung Kleingärtner werden. Hat sich ein Handy gekauft und als ich ihn darauf ansprach, erzählte

184

er etwas von Marketing und Verkaufsstrategien. Völlig durchgeknallt, der Typ. Ich bin froh, ihn los zu sein.“

„Ah, ja.“

„Du, ich glaube, der liebt mich noch.“

„Er ist auch kein Automat.“

„Na egal, Hauptsache, er geht bald wieder in seinem alten Job arbeiten, damit die regelmäßig Alimente fließen. Er denkt auch, von der Sozikohle kann ich Feste feiern. Egoistenschwein. Hier halt mal.“

Sie reichte Anja einen Vibrator.

„Wohin damit?“

„Leg ihn ins Schlafzimmer. Oben auf den Schrank.“

Anja tat es; und als sie wiederkam, sagte Katja: „Damit machen wir es uns heute Abend gemütlich.“

Sie lachte auf.

„Katja, ich will’s hinter mich bringen: Ich gehe wieder in meine Wohnung.“

„Was?“

„Vielleicht schon heute nacht. Was meinst Du?“

„Das kannst Du mir nicht antun. Bitte Anja, lass mich nicht alleine, wenigstens nicht diese Nacht. Sieh, ich habe Rotwein gekauft.“

Katjas Ehrlichkeit rührte Anja tief an. Sie umarmten sich. Ron, der die ganze Zeit dem Erproben des Spielzeugautos beschäftigt war, schaute nach oben. Seiner Mama liefen Tränen übers Gesicht.

„Ich gehe morgen erst, ja? Irgendwann muss ich sowieso gehen. Es ist doch nur 10 min von hier."

„Mama Mama, Du weinst ja."

Katja nahm Ron in die Mitte. Alle drei umarmten sich, bevor sie auseinander gingen.

„Du hast recht. Irgendwann muss jeder mit sich selbst klarkommen."

Nachdem Katja Anja ein paar Fotos gezeigt hatte und nachdem die zwei in bester Stimmung die Flasche Rotwein getrunken hatten, lag etwas in der Luft, das meinte, die beiden sollten nun zu Bett gehen.

Während Anja sich im Bad fertig machte, blies Katja die Kerzen aus. Nur das Mondlicht beschien die kleine Wohnung.

„Huch, es ist ja so dunkel," meinte Anja, die aus dem Bad trat und sich erst an die Dunkelheit gewöhnen musste. Katja stand dicht vor ihr und griff nach der Hand Anjas.

„Komm ich zeige Dir, wo Du heute schlafen darfst."

Sie schlichen zu Katjas Bett und kuschelten sich unter dem Federbett warm.

„He, aber nicht, dass Du denkst, ich wäre lesbisch oder so was."

„Ach was, denkst Du, ich etwa?"

Sie drückten sich liebevoll aneinander.

„He, wollten wir nicht den Roboter zu Hilfe holen?"

„Den Vibrator?"

186

„Es gibt irgendwie kein schönes Wort dafür. Ich werde ihn einfach Vibie nennen."

„Ich schlafe schon fast."

„Ich stehe auch nicht auf."

„Dann probieren wir Vibie später aus. Komm gib mir einen Kuss."

„Wohin, hierhin?"

„Nein nein, lass das. Ich befürchte, das geht zu weit."

„Ich habe keine Ahnung, hab so etwas noch nie gemacht, aber genauso stellte ich das mir immer vor."

„Psst! Ron!"

Stille.

Am nächsten morgen krabbelte Ron zwischen die beiden, legte Anjas Arm zur Seite, damit er sich an seine Mama drücken und noch einmal tief einschlafen konnte. Seine hautfarbene, brummende Rakete, die er auf dem Schrank gefunden hatte, lag in seinem Bett neben Teddy Karl, der offensichtlich nichts mit Vibratoren zu tun haben wollte.

Im Cafe.

„Ich werde Dein Angebot nicht annehmen."

„Erklärst Du mir das?", forderte Sean erstaunt und sah schon seinen Plan der Ruhe und des Täuschens in Gefahr.

„Ich kann momentan nichts mit Männern anfangen. Dieser Sven Neubert hat mich noch im Griff. Ich unfähig bin, Liebe zu empfinden. Zeitweilig taucht in mir eine tiefe Verachtung für alle Triebe des Lebens auf. Sven Neuberts Trieb wurde durch unsere Zivilisation auf mich gerichtet. Wem kann ich meinen Schmerz klagen? Wer ist denn an meinen Schmerz schuld? Bin ich es, weil ich lebe oder er, weil er zu schwach war und seine Triebe gegen mich gesteuert hat? Ich habe diese Woche meinen Job im Krankenhaus an den Nagel gehängt, da ich nicht mehr meine frühere Naivität und Souveränität zur Verfügung stellen kann. Ich kann solche Typen wie Neubert nicht wieder in die Sozialisation einführen, ohne zu denken, dass erst diese Sozialisation sie gegen mich gerichtet hat. Diese besondere Art der Gewalt, die über mich hergefallen war, muss ein Tabu für Männer sein. Das Fernsehprogramm sagt mir, dass dieses Tabu nicht existiert. ES GIBT KEIN WIRKLICHES INTERESSE FÜR EIN GEWALTTABU. Ich habe tiefen Hass und Neid in mir gegen das männliche Geschlecht."

Sean zuckte etwas zurück.

„Nein, Du brauchst keine Angst zu haben. Ich werde meinen Frust nicht an anderen abreagieren."

Dies war als tröstender Scherz gemeint, wurde auch als solcher verstanden, doch sein Lächeln kam nur schmerzlich zustande.

Sean sah ganz klar, er hatte keine Chance mehr. Zu deutlich und bedacht waren ihre Worte, die ihm das Herz zerrieben. Er musste also eine neue Frau finden.

Er fasste sich.

„Anja, hier spielte das Schicksal unserer Liebe entgegen. Ich liebe Dich und verstehe Dich auch... Was soll ich sagen? ...da gibt es nichts mehr als abzuwarten. Hat mich der Pfleger eigentlich auf der Station beobachtet?"

„Ja, aber warum hast Du mir nichts von Deinem Besuch erzählt?"

„Ach, das ist schon eine Weile her und außerdem wusste ich, wie Du David Angelo mochtest. Er hat es mir selber erzählt. Ich wusste nicht wie Du reagieren würdest. Das ist nicht so wichtig... Kommst Du mit ins Kino? Es läuft gerade ein neuer Film mit Juliette Binoche."

„Gern, aber ich will noch einen Krankenbesuch bei Herrn Koch machen. Das ist der Pfleger. Wir sind neuerdings befreundet." „Ach so, deswegen." Sean klang enttäuscht.

„Was DESWEGEN? Glaubst Du, ich lüge Dich an? Schätzt Du mich wirklich so ein? Wenn ja, wie kannst Du dann behaupten, Du würdest mich lieben? Wieso glaubst Du, mich zu lieben? Wenn Du ein so toller Mann bist, dann lass mich in Ruhe und suche Dir eine andere Frau zum Bewundern."

„Bitte Anja, sei nicht aggressiv gegen mich. Ich kann nichts gegen mein Verliebsein machen. Das Leben ist tatsächlich tragisch: Vor

Deiner Vergewaltigung liebtest Du mich auch. Ich habe mich nicht verändert. Vielleicht kannst Du mich nach einer gewissen Zeit wieder lieben?"

„Bitte verkrampfe Dich nicht. Liebe funktioniert so nicht. Sie funktioniert nach unseren Bedürfnissen. Das romantische Bedürfnis: Traummann und Trauminsel ist in mir durch Herrn Neubert gelöscht worden. ICH MÖCHTE KEINEN BILDERN HINTERHERJAPSEN, SONDERN MEIN LEBEN MIT EIGENEM MUT UND EIGENER VERANTWORTUNG GESTALTEN!", schrie Anja Sean an.

„Du bist eine faszinierende Frau. Ich werde mit meiner emotionalen Loslösung Schwierigkeiten haben. Lass uns als Freunde auseinander gehen."

Sie stand auf, gab ihm einen Kuss, sagte: „Klar, danke für den Kaffee... bis bald, vielleicht. Tschüs!", und ging.

Was war das? War es Instinkt oder waren es magnetische Felder, die Anja schnell und unruhig zum Dicken trieben? Sie war ohne konkreten Grund unruhig. Sie hätte froh sein sollen, das Gespräch mit Sean verlief knapp, und er ließ nicht den leidenden Liebhaber heraushängen. Na, er ist eben ein begehrter Mann, da ist Frau nie seiner Liebe sicher, dachte sie und lächelte. Nur gut, dass es vorbei ist.

Kaum hatte sie diese Gedanken zu Ende gebracht, beschloss sie, Männer aus ihren Freundeskreis sämtlich zu streichen. Was für

Gemeinsamkeiten können Männer und Frauen haben, wenn Frauen die Natur selbst sind, und nicht werden oder streben wollen, wie dies Männer tun. Sie hat ja selbst genau diese begehrte, magische Energie der Erde, von der die Männer gern zehren möchten nach ihren Höhenflügen. Ist das Biologismuss oder Wahrheit? Klar ist, dass Männer schöne Frauen ficken wollen.

Und genau dazu hatte Anja momentan keinen Bock.

Kurz und bündig überreichte Anja Herrn Koch den geborgten de Sade, sah, dass es ihm gut ging und empfahl sich. Herr Koch, der einige Sekunden brauchte, um diese Zurechtweisung aufnehmen zu können, rief ihr noch hinterher: „Und haben Sie neue Erkenntnisse gewonnen?"

Doch dies blieb unbeantwortet, denn Anja war wie die Maus Klaus, so gut wie aus dem Haus raus.

Leise schloss Herr Koch die Wohnungstür, stand still und überlegte, ob diese Begegnung eine Eintragung in sein Tagebuch wert sei. Was sollte er schreiben? Es gab nichts weiter mitzuteilen, als dass Anja sein Buch wiedergebracht hatte.

Nichts Besonderes also.

„Nummer Eins, übernehmen sie!"

Plötzlich gab es eine Explosion. Die Enterprise wurde angegriffen.

Einige Sekunden der Ruhe breiteten sich über das Schiff aus. Anja hörte nur das Telefon klingeln.

Sie stoppte die Videoaufnahme und griff zum Telefon.

„Ja?"

„Ich bin's, Katja. Warum gehst Du denn so spät ran? Ich dachte schon Du wärst nun doch mit Deinem Sean um die Welt gereist." Katja lachte.

„Nein nein, ich sitze hier fest. Sean habe ich heute einen Korb gegeben. Er findet schnell ein neues Ruhekissen."

„Hast Du ihm nicht gesagt, dass ich frei bin? Meine Nummer kann er haben."

Katja lachte Anja wieder ins Ohr.

„Nein, Deine heiße Nummer behalte ich mir vor."

Katja, ernst: „Hör mal Anja, das vorgestern... Du weißt, was ich meine..."

„Ja, der Abend mit Dir hat mir Spaß gemacht, aber bitte, ich möchte nicht unsere Freundschaft zerstören. Wenn Du möchtest, reden wir nicht darüber."

„Ja, ist mir lieber. Ich weiß nicht, was Ron alles aufschnappt und im Kindergarten erzählt. Er ist ziemlich weit für sein Alter..."

„Ist versprochen, Katja. Hat Dein Anruf eigentlich einen Grund?"

„Ich möchte Dich etwas bitten."

„Alles was Du willst."

„Gut, dann geh bitte zu Torsten, sage ihm: Ich finde es nicht gut, wie Ron zwischen uns hin- und hergerissen wird. Er soll den

Kontakt erst einmal abbrechen, damit Ron weiß, wo sein Zuhause ist."

Schweigen. Anja setzte sich. Zögernd nahm sie das Gespräch wieder auf.

„Warum könnt ihr keine bessere Lösung finden? Ron liebt seinen Vater und sein Vater liebt ihn."

„Wir können nicht mehr miteinander reden. Sein Lebenswandel gefällt mir überhaupt nicht. Ron braucht keinen abgefuckten Vater. Bitte Anja, wenn Du mich liebst, tust Du das für mich. Du kannst das drehen, Du bist doch Psychologin."

„Boah. Du fährst Geschütze auf. Normalerweise versuche ich herauszufinden, was meine Patienten wollen und diktiere ihnen nicht, was sie sein lassen sollen. Was sagt denn Ron dazu? Ron hat ein Recht auf seinen Vater."

„Ron wird es verstehen."

„Meinst Du? Pass auf: Ich gehe zu Torsten und rede mit ihm, aber ich suche mit ihm einen annehmbaren Kompromiss. Deine Bedingungen stelle ohne mich. Es ist besser für mein Gewissen. Es wird auch gut für Euer Gewissen sein, wenn Ihr miteinander redet."

Nach dem Telefonat redete sie sich Mut zu.

Na, da kann ich ja froh sein, dass wir keine Kinder haben. So einfach ließe sich Matthias nicht wegdrücken.

Seit ich von ihm weg bin, scheine ich nur noch in einer Welt voller Probleme zu leben. Dabei wollte ich doch etwas Unbeschwertheit wiederfinden. Was habe ich nun gutgemacht? Dauernd habe ich Männer um mich, die mir ihre Vorstellung von Leben aufdrängen wollen, bin vergewaltigt worden, ohne das ich ins TV kam.

Muss jetzt dem Arsch Neubert zur Verurteilung noch ins Auge sehen. Nein, das macht mir nichts aus. Mit hundertprozentiger Sicherheit bin ich ein Androide und habe das Programm „Schmerz" gelöscht.

Noch tief betroffen von der Nacht, in der Anjas Reflektionen über ihr momentanes Leben sie nicht hatten schlafen lassen können, lief sie von der Rigaer Straße im Bezirk Friedrichshain, zur Winsstraße im Stadtbezirk Prenzlauer Berg, um dort mit Katjas Exfreund Torsten einen Kompromiss, in Bezug auf seinen Sohn Ron auszuhandeln.

Obwohl sie Katja und damit auch IHRE FAMILIE über einen längeren Zeitraum kannte, bedauerte sie, kein ausführliches Gespräch mit Torsten geführt zu haben, während sie die Kleinfamilie besuchte. Nach fest ausgemachten Terminen gingen die beiden Frauen alle zwei - drei Monate ins Kino und anschließend auf einen Plausch ins Café. Selbstverständlich wachte Torsten in diesen, für die Frauen fröhlichen Nächten, über Rons Schlaf. Matthias indessen zog es vor, ohne schlechtes Gewissen, Fußball oder sonstigen Sport, den man im Werk besprach, zu sehen (Anja konnte die Liebe für Fernsehsport nicht verstehen und setzte, wenn nicht Fußball-WM war, ihren Wunsch nach einigermaßen höherem Fernsehniveau durch.)(Wie sie das machte? Wer will keinen Schmollmund trösten und für sich gewinnen?).

Selbst, wenn Anja die Familie spontan besuchte, entzog sich Torsten der Unterhaltung, reparierte irgendwas oder spielte mit Ron, so dass die Frauen stets das Gefühl hatten, unter sich zu sein.

Anja glaubte von Torsten einmal gehört zu haben: „Frauen brauchen eine Ruheinsel für sich und Männer ebenso."

Oder hat er es vielleicht nicht gesagt? Egal, jedenfalls verhielt er sich so.

Das, was Katja über Torstens Lebenswandel erzählte, deutete darauf hin, dass weder Anja noch Katja diesen Mann wirklich kannten. Das, was Katja von ihrem Exfreund gekannt hatte, war, was sie kennen wollte.

Beide müssen sich über die lange Zeit, die sie miteinander gelebt hatten, nur geduldet haben, wobei der Grund der Duldung und des Miteinander-Auskommens eindeutig Ron hieß.

Anja ahnte, dass Torsten sich jetzt, wo es kein Zurück mehr geben wollte, unendlich frei fühlte. Auch Katja bestätigte ihr, ihr ginge es IMMENS GUT. Also ist es nicht verwunderlich, wenn beide sich nun nicht mehr in die Augen sehen konnten, ohne zum einen ein schlechtes Gewissen zu haben, da sie sich selbst beschnitten und betrogen haben, und zum anderen konnten sie sich nicht mehr in die Augen sehen, ohne dem Gegenpart die Schuld für ihr langes Ausharren und Versuchen zu geben. Schuld musste sein. Schuld ist ein Teil der Erbauung von Selbstachtung. Was aus Liebe geschah und ob die Gefühle des Hasses, die nun überwogen, ihren Ursprung in dem, was man weitverbreitet Liebe nennt, hatten, war egal und die Gedanken darüber völlig nutzlos.

Beide waren offensichtlich mit ihrer Neuorientierung des Lebens und mit den frisch gefundenen Möglichkeiten des Lebens so beschäftigt, dass sie sich wohl oder übel über Rons Interessen hinweg setzen mussten und vor ihm auch die Angst, die beide Eltern voreinander hatten, gut zu verstecken wussten.

Anja wollte also versuchen, den fremden Mann an seinen Sohn Ron zu erinnern, der nicht verlassen werden wollte und musste versuchen, dem Mann so viel Selbstvertrauen zu geben, dass er keine Angst mehr hatte, seine Freiheit an Katja preiszugeben.

Ein schwieriger Freundschaftsbeweis.

Es hat länger gedauert - ich muss mich beeilen, sagte sich Sean Paul, als er in der Frankfurterallee nach dem Brief suchte, der wahrscheinlich – an Semaels Frau gerichtet – Pauls wahre Identität preisgab. Mürrisch stieß er die Katze zur Seite, die wie ein Raubtier auf Sean losging. Er hatte richtig vermutet. David Angelo Semael berichtete in seinen letzten Schreiben über die Funktion seines Aufsehers. In den Schreiben entschuldigte sich Angelo bei seiner

Frau und seinen Kindern, weil er sich zu leicht von ihnen trennen lassen hat. Damals - so dachte Angelo - waren seine Auftritte außerhalb des sozialistischen Lagers eine ideologische Gefahr für seine Familie gewesen. Eine Wahrheit war aber auch, dass so wenige Menschen wie möglich über den Geld - und Waffentransfer von Paul bescheid wissen durften. Der Zirkus war ein reines Alibi – nie ein rentables Geschäft. Um Stillschweigen zu bewahren, war es notwendig, jedes einzelne Zirkusmitglied so gut wie möglich zu isolieren. So geschah es also, dass Sean Paul mit Geschick und Intrige einen Keil in die Familie Semael trieb.

Genau diesen Brief suchte Sean Paul also in Herrn Kochs Wohnung, während Herr Kochs leblose Augen auf die im Regal stehenden Insel Dünndruckausgaben starrten.

„Er hat den Brief also wirklich nicht.", sagte Sean, gab die Suche auf und begann mit dem Verwischen seiner Spuren.

Sie wurde freundlich von Torsten empfangen, gleich mit einer Tasse Kaffee begrüßt und das Wichtigste war, von Torsten direkt und ohne Heuchelei angesprochen, was Anja, beziehungsweise Katja, von ihm wollte. Sie hatte also einen wahrheitsliebenden, selbstbewussten, gutaussehenden Mann vor sich. Gut sah er schon immer aus, doch hatte es Anja geschafft, dies nicht wahrnehmen zu wollen. Sie setzte sich auf eine der beiden Matratzen, die durch einen leeren Bierkasten getrennt waren, und auf dem ein Brett als

Tischplatte diente. Die Wohnung war für einen Deutschen kärglich geordnet.

Kein Fernseher, kein Telefon, kein Schrank, kein Computer... nichts störte den freien Blick im Zimmer.

„Meine Investition muss erst wachsen", sagte Torsten entschuldigend, als er Anjas kritischen Blick bemerkte und setzte sich auf die gegenüberliegende Matratze, auf der - falls es mal wieder länger dauerte - gelegentlich irgendeine Kneipenbekanntschaft schlief.

Sie sprach Problem Ron frei heraus an, und als sie beide sich verständigt hatten, dass nicht Ron das Problem war, sondern das Gefühl der Rache für den Verrat einer menschlichen Beziehungskiste, war Anja sicher, dass sie erleichtert frei ihre Gedanken äußern konnte, denn Torsten hatte offensichtlich einen gewissen Überblick über die Dinge, die mit ihm passierten, und sie fragte deshalb: „Habt ihr euch darüber unterhalten, was passieren wird, wenn ihr euch trennt?"

„Nein. Das hätte die Illusion der ewigen Liebe in Frage gestellt."

„Ewige Liebe? Glaubst Du an so etwas?"

„Ist natürlich Quatsch, ich weiß. Aber wenn ich mit jemanden eine Beziehung habe, ist es hilfreich, wenn ich nicht gleich von vornherein sage: He, Du bist meine zukünftige Ex-Partnerschaft - ein Fehler und reine Zeitverschwendung."

„Das weiß Katja auch. Also, warum habt ihr nicht darüber gesprochen?"

198

„Ich weiß nicht. Vielleicht war ich zu feige. Ich wollte mich nicht von Katja trennen. Aber wenn ich alles angesprochen hätte, wie es in mir liegt, hätte unsere Beziehung nicht so lang gedauert."

„Meinst Du? Ich denke, Ihr hättet euch weniger gequält und bräuchtet euch jetzt keine Vorwürfe zu machen."

„Nein. Ich hätte mir den Vorwurf gemacht, nicht alles für Ron versucht zu haben. Ich wollte ihn doch bei mir haben. Ich musste mich unterordnen, sonst hätte ich gar nichts von dem Jungen gehabt."

„Verstehe. Hast Du Katja geliebt, oder hast du da auch gelogen?"
„Wahrscheinlich ja. Ich kann es selbst nicht begreifen, denn es liegen noch zu viel Gefühle des Kampfes und des Beweisens in mir. Ich habe auf alle Fälle die Mutter in ihr geliebt. Ob dies nun die große Liebe war, glaube ich nicht. Was meinst Du?"

„Es geht um Ron. Es gibt zwei Wege. Der eine schwierige wäre, wenn ihr euch zusammensetzt und über euch redet, damit ihr als Freunde eine Einigung findet, oder ihr redet überhaupt nicht zusammen, setzt Gesprächsgrenzen und unausgesprochene Vereinbarungen, um dann alleine mit eurem Gewissen zu sein. Dieser Fall ist aber der kompliziertere Weg, da früher oder später Ron mit eurer Stummheit - oder auch Unfähigkeit - spielen wird. Wenn Ron Achtung vor euch haben soll, geht das nur durch Mut und Offenheit.", erklärte Anja.

Torsten stand auf, um, wie er entschuldigend sagte, nach der Belüftung zu sehen. Er öffnete eine Tür, durch deren Spalt erst grelles Licht, dann schwüle Wärme in den Raum flutete.

Neugierig stand sie auf und öffnete die Tür ganz und sah eine kleine Gartenzuchtanlage über das Zimmer ausgebreitet.

Plötzlich heulte ein kleines Gebläse los.

„So... Ich mache es zumeist etwas später an, denn in der Natur weht auch nicht immer Wind," sagte Torsten, während er auf Anja zuging und mit ihr in den Nebenraum gehen wollte. Doch sie blieb stehen.

„Damit verdienst Du jetzt Geld. Und ich nehme an, Du rauchst auch selber."

„Ja, aber was soll das? Willst Du mir damit sagen, Ron sollte lieber keinen Umgang mit seinen Daddy haben, weil der auf angenehme Art und Weise Geld verdient?"

„Stimmt, es geht mich nichts an."

„Es ist klar, das Reden besser ist als Starrsinn. Doch momentan ist Krieg, und Funkstille klärender als Offensive. Vielleicht habe ich Glück und irgend jemand macht Katja bewusst, was sie uns mit ihrer Schwäche antut - oder besser noch: Sie bräuchte einen neuen Freund, mit dem sie ihre Probleme regeln kann. Zur Zeit bin ich der Feind in ihrem Gewissen, und keine sachliche Kommunikation ist möglich. Selbst wenn wir wissen, was wir tun, bleiben wir Menschen, die sich Schmerzen zufügen. Ron wird ohne mich

200

aufwachsen. Das akzeptiert jeder Vater in der heutigen Zeit, wenn er einigermaßen Verstand hat. Das Ausgestoßensein aus einer familiären Bindung birgt die große Chance in sich, etwas Neues machen zu können. Das, was ich heute mache, hätte ich mich mit Katja nie getraut. Soll sie doch machen, was sie will. Ich werde sie in Ruhe lassen und hier meine Dinge tun."

„Du hast also kein Reuegefühl?"

„Warum? Weil ich so bin, wie ich bin? Ich kann nicht anders. Ich meine, hätte Katja mich nicht rausgeschmissen, wäre ich jetzt noch ganz der Papa. Aber jetzt kann ich nichts mehr ändern."

„Und Du willst auch nicht?"

„Richtig."

„Willst Du denn Kontakt zu Ron, oder lässt das Dein neues Leben nicht zu?"

„Das mache ich nicht von mir abhängig. Wenn ich Ron sehen kann, ist das okay. Wenn nicht..." Er hob die Schultern an, um eine Gestik der Aussichtslosigkeit zu machen.

„Du überlässt diese Entscheidung also Katja. Ich glaube nicht, dass sie diese Entscheidung ohne Dich fällen kann. Du musst ihr helfen. Sie braucht Dich. Euer Sohn, Eure Entscheidung."

„Du denkst, ich stehe über den Dingen?"

Er erregte sich.

„Alles in meiner Hand, ja? Aber nix da! Ich bin nur für mich da! Bleibe Du mit Deiner Moral zu Hause. Warum hängst Du Dich überhaupt hier rein? Was hast Du für ein Problem? Katja hat über unsere Trennung lange nachgedacht. Es war keine unbedachte, spontane Trennung. Sie wusste, ich würde jetzt mein eigenes Leben führen und ich wusste, sie wird jetzt den Kontakt zu mir abbrechen. Wir sind zu schwach, um uns als offene Wunde ertragen zu können. Wenn wir uns ansehen, sehen wir in unsere Unfähigkeit. Anja, möchtest Du vor Deiner ehemals engsten Seele als unfähig gelten?"

Er sah Anja eindringlich an. „Du würdest Dich auch abwenden. Ich bitte Dich, geh, kümmere Dich um Deine eigenen Probleme und lass uns mit unserem Schmerz allein."

Stille.

Er holte zwei Gläser und eine Flasche Jameson. Sie war eingeladen, seine Offenheit zu verzeihen.

„Entschuldige, ich spürte anfangs nicht Deine Betroffenheit. Du wirktest so abgeklärt."

Er goss ein.

„Es ist normal. Menschlich," schob sie nach.

„Brrr. Scheußlich. Trinkst Du das oft?"

Er sah sie fad an.

„Ach ja. Es geht mich nichts an."

„Wollen wir noch einen trinken?", fragte Torsten.

Sie hob das Glas in Kopfhöhe.

„Also, auf dass der Ekel den Ekel wegspült."

Er lächelte, sah sie aber nicht an.

202

„Vielleicht habe ich wirklich Probleme mit meiner Moral. Aber dass ich Freunden helfen will, ist auch menschlich.“

„Ich meinte das nicht so.“, entschuldigte sich Torsten.

„Ja, ist gut und menschlich.“

„Ich habe es versucht, weißt Du. Ich mag Euch beide.“, sagte sie während er nachgoss „Ich habe Euch immer beneidet. Ihr schient Euch alles erzählen zu können... so auf gleichem Niveau. Nicht so wie ich und Matthias.“

„Hör auf!“

„Entschuldige, ich kriege nichts mehr auf die Reihe. Es ist alles etwas viel für mich...“

Sie brach in Tränen aus.

Jetzt muss ich mich mitfühlend zeigen, dachte Torsten.

Mal wieder vögeln ist auch nicht schlecht.

Er setzte sich neben sie und versuchte sie tröstend an sich zu ziehen.

„Nein. Ist schon gut. Ich sollte mich wirklich um meine Probleme kümmern. Ich kann niemandem mehr helfen.“

„Anja, hör auf, Dich zu geißeln.“

Er fuhr mit der Handfläche von oben nach unten an ihren Haaren entlang. Sie zog den Kopf weg.

„Bitte lass das!“

„Entschuldige. Auch das war menschlich. Ich finde Dich richtig geil.“

„Ist nett, aber schlechter Zeitpunkt. Hat Dir Katja nicht erzählt was mit mir gemacht wurde? Ich bin nicht unbefangen genug für Körperlichkeit."

Er hockte ihr gegenüber und nippte am Jameson.

„Schade, ich hätte gern mal wieder."

„Und Katja? Sie ist meine beste Freundin."

„Ich weiß... Katja hat nichts mehr mit meiner Sexualität zu tun."

„Ich bin nicht gekommen, um mit Dir..."

„Ich habe Dich auch nicht hereingelassen, um mit Dir..."

Jetzt mussten beide lachen.

„Nein wirklich, Torsten. Ich bräuchte selber Hilfe - oder besser noch: einen Freund. Einen, vor dem ich keine Angst zu haben brauche, dass er mich nicht versteht. Aber mit Dir geht das nicht. Ich würde unweigerlich Katja verlieren. Weißt Du, ich liebe Katja. Ich könnte nicht mit ihr ständig zusammensein, aber dafür könnte ich die Beziehung mit jedem Mann, für Katja beenden. Eine solche homogene Beziehung überdauert jedes Mann - Frau - Theater."

„Ich denke genau so, und trotzdem wäre ich gern mit Dir ins Bett kuscheln. Ich dachte immer, Psychologen sehen alles recht locker und stehen über den Dingen."

„So? Ich kenne keinen. Ich arbeite nicht mehr am Patienten, solange ich meiner selbst nicht sicher bin. Ich sitze zu Hause über einer wissenschaftlichen Arbeit, die - so hoffe ich - die Welt der Psychologie ein Stück revolutionieren wird."

„Warum muss eine so schöne, kluge Frau denn nur aus der Bahn geworfen werden?"

„Das weiß ich auch nicht."

Er setzte sich ganz nah an sie heran. Sie dachte an den dicken Koch.

Er legte vorsichtig seinen Kopf auf ihren Schoß.

Sie duldete es, dachte, jetzt will er gestreichelt werden, und streichelte ihn, bis er schlief. Es dauerte nicht lange und er war eingeschlafen. Behutsam legte sie seinen Kopf auf die Matratze, stellte sich in den Raum und fuhr Karussell. Sie war das, was man angetrunken nennt. Langsam legte sie sich neben Torsten, rückte ihn und sich bequem zurecht, roch an seinem Haar, an seiner Haut, verschwendete noch an paar Gedanken an Kai, Katja, Matthias, den Dicken und Angelo, und schlief fest und zufrieden ein.

Der nächste Morgen brachte Anja und Torsten außer dem Unwohlsein, welches eine Reaktion des Körpers auf den übermäßigen Verzehr von Jameson war, das Bedürfnis der Rechtfertigung mit sich.

Anja, während des gemeinsamen Frühstücks (Sie: Müsli, Honig, Wasser; Er: Kekse, Honig, eine fette Tüte, Rest Jameson): „Lebst Du immer so gesund?"

„Mit der Moral hast Du es ja. Typisch Frau. Typisch Mutter. Da gibt es wohl kein Entrinnen aus der Rolle?"

„Das hat nichts mit Mutterrolle zu tun. Du lebst nicht lange, wenn Du so weiter machst."

„Na und? Ich bin nicht so wichtig für andere Leben. Ich nütze niemandem."

„Doch, mir - als Freund."

„Bis ich mit Sterben dran bin, hast Du mich schon längst vergessen."

„Sicher." sagte sie lächelnd.

„Sicher? Wie meinst Du das?"

„Ach, nur so."

„Du bist ein Biest."

Nach einer Pause fragte Anja: „Wirst Du Katja erzählen, dass Du bei mir geschlafen hast? Dass wir nicht miteinander geschlafen haben, wird sie nicht glauben."

„Ach, haben wir nicht?"

„Werden wir auch nicht."

„Ist nett, ich möchte auch keine Beziehung..."

„Das Eine hat mit dem anderen nichts..."

„Bla, bla, bla..."

Anja war sich nicht sicher, ob sie den Brief einfach in den Briefkasten fallen lassen sollte, oder noch ein paar Worte mit der Frau, die Angelo David Semael heiratete, wechseln sollte.

Sie entschied sich für letzteres, verbunden mit einer kleinen Lüge, denn die Frau würde sich sicherlich wundern, wieso Anja erst jetzt - nach dem Angelo schon Wochenlang tot ist – ihr den Brief überreichen würde.

Als die Frau, namens Sonja Semael, die Tür des Einfamilienhauses öffnete, stellte sich Anja förmlich vor, überreichte ihr den Brief und sprach ihr herzliches Beileid aus. Frau Semael wirkte, als hätte sie vom Tod ihres Mannes gewusst, bedankte sich knapp und verschloss vor Anja die Tür.

„Schade." sagte sich Anja und ging.

Von weitem sah Anja die Menschentraube, die, sorgfältig die Sicht versperrend, das Ereignis verdeckte. Ängstlich und langsam steuerte sie ihre Schritte auf das Monstrum von Haus, in den der Dicke wohnte, zu. Ein Rettungswagen fuhr zu dem Geschehen hinzu, es wurde Platz gemacht, abgesperrt, niemand konnte etwas sehen, auch Anja sah nur auf der Trage der Rettungsmannschaft einen großen lakenverdeckten Batzen.

Selbstmord, hieß es, aus der vierten Etage. Niemand kannte ihn genauer, soll ein komischer, fetter Mann gewesen sein. Ein Wunder, er erschlug beim Aufprall niemanden.

Wie um sich zu vergewissern, lief Anja zur Wohnung des Dicken, wo sie von mehreren Polizisten empfangen wurde, die sie baten, ein wenig Zeit abzuwarten, bis die Kripo käme, denn eines war klar, es sah nicht nach einem Tod durch eigenes Verantworten aus.

Anja wartete, nahm „ihre Katze" auf ihren Schoß (die wie sie sagte, zur Pflege bei dem Dicken gelassen hatte), doch sie konnte den Befragern wenig helfen.

Sie eilte zu Torsten zurück. Er war der einzige, von dem sie Trost wollte.

Er öffnete die Tür, sie fiel weinend in seine Arme.

Romeo sprang in die Wohnung, untersuchte sein zukünftiges Zuhause, von dem noch niemand ahnte, dass es sein Zuhause sein würde. Torsten sagte nichts, nahm sie mit auf die Matratze, hielt sie fest und wartete.

Als sie ihre Beherrschung wieder gefunden hatte, und versuchte, sich aufzurichten, sagte er leise: „Ich liebe Dich."

Sofort sank sie weinend wieder in seine Arme, als ob diese der schützende Ort waren, den sie so lang vermisst hatte.

Sie schluchzte: „Du kannst mich nicht lieben. Du machst Dir etwas vor. Du kennst mich ja gar nicht."

Er schwieg.

Sie legte sich in seine Arme. Romeo rollte sich zum Kissen neben ihr zusammen.

„...Dann lass uns nicht von Liebe reden. Sagen wir einfach so: wir können uns momentan ganz gut brauchen. Okay? Ich meine, vielleicht bist Du jetzt nur hier, um Katja eins auszuwischen, oder: ich glaube Dich zu lieben, damit ich die Geschichte mit Katja schneller vergessen kann... und so weiter. Es gibt unbegrenzt Möglichkeiten, Rechtfertigungen zu finden, warum wir jemanden lieben oder hassen. Demzufolge kann ich gut sagen, dass ich Dich liebe. Was macht das schon aus? Es ist mir ein Bedürfnis, Dir das mitzuteilen. Schlimm? Realistisch gesehen, passt mir das gar nicht in meine Lebensplanung. Ich habe weder Zeit noch Lust auf den ganzen Beziehungsquatsch. Reden, Diskutieren, Planen, die Du liebst mich nicht mehr! - und die Du kannst keine Verantwortung wahrnehmen! - Spielchen und die tötende Monogamie sind eigentlich nicht mehr mein Ding. Ich will leben und mich nicht ständig im Kreis drehen, auf der Flucht vor mir und meinen Eltern. Ich möchte niemandem etwas beweisen, nichts projizieren und keine Kleinkriege führen. Ich hasse dieses Leben. Sieh, ich kann zwar nur eine Frau lieben und begehren, aber eine dauerhafte Beziehung hieße für mich Einschränkung und Leugnen meiner Träume und Wünsche. Ich mag Dich, doch keine Frau kann meine Welt, meine Triebe abdecken. Lass mich Dich lieben ohne den ganzen Erwartungs- und Enttäuschungsquatsch. Nimm mich so wahr, wie ich bin und nicht so, wie ich Deiner Meinung nach sein sollte. Anja?... Anja?"

Sie war eingeschlafen und hatte wahrscheinlich seine wundervolle Rede nicht wahrgenommen.

Es war schon spät am Abend, als Sean Paul durch die Fenster des Einfamilienhauses lugte. Es herrschte Stille, niemand war zu entdecken. Da - ein Schatten? Plötzlich stand sie hinter ihm.

„Sonja?", sprach Sean noch aus, bevor ihn, der mit Wucht geworfene Stein am Kopf traf und Sean zu Boden schlug.

Ein paar Stunden später schüttete Anja Torsten ihr Herz aus. Sie erzählte stichwortartig von ihrer Vergewaltigung, vom zu frühen Tod ihres Patienten Semael und von dem Fenstersturz des Pflegers Koch.

„...Was mit mir passiert, macht mir Angst," sagte sie ihm, während sie sich in die Augen sahen und er ihre Hand hielt.

„Wenn ich einen roten Faden in den Ereignissen sehen würde, wäre ich viel ruhiger. Ich war auch schon mal ruhiger, als ich mit Matthias zusammen war. Nur manchmal hatte ich Depressionen, weil mein Leben, ein Leben ohne Anforderungen war. Und jetzt? Ich weiß nicht, was von mir gefordert wird. Ich weiß noch nicht einmal, was mich dazu getrieben hatte, diese Katze mitzunehmen. Kann sie bei Dir...?"

Er küsste sie.

„Natürlich. Besser?"

„Ich weiß nicht."

„Wenn ich an Deiner Stelle wäre," sagte er, „dann... wäre ich genau so hilflos. Obwohl ich fast neidisch bin."

„Was, Du bist neidisch?"

„Du hast so viel erlebt, in so kurzer Zeit."

„Ich wäre froh, wenn ich das meiste davon nicht erlebt hätte. Es war nichts dabei, was mir wirklich entsprach, sondern ich reagierte nur auf Ereignisse, die sich mir aufdrängten. Das ist nicht das Leben, was ich führen möchte. Ich bin nicht stolz auf mich."

„Du hast Zeit, Anja. Recherchiere und spioniere Dir doch Deinen roten Faden zusammen. Hatten die beiden Verstorbenen Gemeinsamkeiten? Dein Vergewaltiger wurde vielleicht bezahlt? Matthias... lässt er Dich jetzt in Ruhe? Hätte er Geld, um Deinen Vergewaltiger zu bezahlen?"

„Hör auf! Das ist Unsinn!"

„Wenn Du meinst. Matthias würde mir niemals bewusst Schaden zufügen wollen. Und Herr Koch war übrigens der Pfleger von dem Patienten, den ich mochte und der sich Luft in die Venen injizierte."

„Na, vielleicht hat er..."

„Erstens hatte Herr Koch Frühdienst, und zweitens ist er mit Gewalt aus dem Fenster gestoßen worden, so dass eine Reuetat ausgeschlossen ist. Ich sollte mit Sean darüber reden. Er ist die letzte Chance zum Anknüpfen, die ich jetzt noch sehe."

Also machte sie sich früh am nächsten Morgen zum Hotel in der Prenzlauer Allee auf in der Hoffnung, Sean Paul noch anzutreffen, obwohl es zu erwarten war, dass er, von Anja verschmäht, in seine geliebte weite Welt gereist war, um sich zu entspannen. Das Reisen, so wusste sie vom ihm, war für ihn in schwierigen Situationen Notwendigkeit.

Und schwierig ist die Situation immer, wenn ein Mensch für den anderen Menschen das Leben zurechtgeplant hat und deutlich erfahren muss: Der andere Mensch will nicht.

Schon im Eingangssaal des dahingestellten (oder mehr baulich dahingefallenen) Hotels in der Prenzlauer Allee begegnete ihr Sabine. Sie berichtete Anja, dass Sean abgereist sei. Sean hatte noch einen Abschiedsbrief für Sabine hinterlassen, mit einer Entschuldigung und der Bitte, Sabine möge sich um die Formalitäten des Hotels kümmern. Außerdem wäre seine Frau heute morgen bei ihr gewesen und hat ihr einen fürchterlichen Brief gezeigt. „Nun ist uns alles klar." sagte Sabine „Ich habe mich ausführlich mit Sonja unterhalten."

Sabine erzählte: „Es ist gut, dass Sean nicht mehr in Deutschland ist. Ich hätte ihn wahrscheinlich umgebracht. Es ist ihm jetzt erst bewusst geworden, dass er eine falsche Lebensentscheidung getroffen hatte. Er arbeitete damals für das MdI, wie er sagte; welches interessiert sei, international anerkannte Künstler in der DDR sich wohl fühlen zu lassen und sie zu betreuen. Sean betreute

212

Angelo nicht nur in der DDR, sondern reiste mit uns scheinbar recht unverbindlich durch die Welt und wickelte seine korrupten Geschäfte ab. Natürlich kam uns dies zugute, denn Angelos Buchhaltung war ständig in einem desolaten Zustand. Sean war also der gute und zurückhaltende Engel unseres Zirkus'. Eine Rolle, in der er sich selbst gefiel. Es machte ihm nichts aus, seine Freunde zu bespitzeln, denn er tat es für soziale Gerechtigkeit, wie er sagte, in der die freiheitliche und Selbstbestimmte Individualität des Menschen zurücktreten musste. Dass dies keine Phrase war und dass dies zur Wertlosigkeit der Menschen führte, sah Sean, als er gegenüber seiner einstigen Fälscherzentrale, in der Genslerstraße, die Gedenkstätte Berlin-Hohenschönhausen besuchte. Seine Ideale verschwanden, so schrieb er mir jedenfalls. Der Stasi-Knast (so nennt das Volk seine ehemalige Zentrale Untersuchungsanstalt jetzt) war mit seinem U-Boot und mit seiner perfekt konstruierten Psychoterrorarchitektur zum Denkmal des Schreckens geworden. Die Anzahl der Jahre der uneingeschränkten SED - Macht trieb die Untersuchungsmethoden der Sozialisten zu einer Perfektion, die den deutschen Nazis um einiges überlegen war. Wo die Nazis noch brutalste Gewalt gebrauchten, ließ die geschlossene Moral des SED-Staates, jeden einzelnen Menschen kasteien, indem man ihm vorwarf, nichts für den Frieden der Welt zu tun. Die SED, so meinte sie selbst, tat alles für den Weltfrieden. Die geschlossene Staats-Anstalt der Sozialisten war so strukturiert, dass jeder, der mitheuchelte, an irgendeiner Stelle eine gewisse Macht besaß. Diese Macht, die natürlich eine sexuelle Perversion war, wurde durch die Illusion der Dauerhaftigkeit und durch den Glauben: Wer mitspielt, verliert nicht., untermauert. Der Zeitzeuge, der Sean Paul durch die Zellenanlage führte, berichtete, dass während er nach völliger Desorientierung jammerte und um Hilfe bettelte, einen Leutnant sah, der vor ihm wichste und ihn Hasserfüllt ankeifte: Das haste nun davon, wenn Du hier nicht mitmachst! Den letzten Satz, den Sean mir schrieb, war: Ich weiß nicht, womit alles begann. Sean ist also aus Reue abgereist. Verstehst Du das?"

„Nicht wirklich. Vielleicht will er nur allein sein...", vermutete Anja.

„Was ich nicht verstehe, wenn es eine emotionale Beziehung zwischen Dir und Angelo gab, also, ich verstehe wirklich nicht, wieso Du nicht wusstest, dass Angelo alles für einen Tod in Berlin tat? Er hätte auf Palma bleiben können. Und dann würde ich gern wissen wollen, was in Deinem Brief stand, den Du Angelo geschickt hattest. Entschuldige, wenn ich zu neugierig bin, aber ich bin verwirrt. Diese ganze Geschichte ist jetzt so eng mit meinen Leben verwoben, dass ich über sie eigentlich Kontrolle haben sollte. Ich meine, ich bin Psychologin - das ist einem Detektiv ähnlich - aber Eure Bindungen verstehe ich nicht."

„Die traurige Wahrheit ist: Wir konnten uns nur voneinander trennen, weil wir uns Schmerzen zugefügt hatten.

Ohne Schmerz, wäre keine Trennung möglich. Mein letzter Brief wollte Angelo nur verletzen.“

„Deswegen vielleicht der schnelle Tod?“

„Ich hoffe nicht. Das wäre zu übertrieben. Angelo war eigentlich nicht so empfindlich.“

„Er muss sich und Dich sehr gehasst haben.“, sagte Anja still vor sich hin.

„Bitte? Was meinst Du?“

„Ich erklär Dir, was ich meinte. Zum einen haben wir von jeher Misstrauen gegen alles, was nicht zu uns gehört. Wenn wir uns verlieben, erweitern wir unsere persönlichen Grenzen über den Gegenpart aus. Aber unser tiefes Misstrauen gegen alles Fremde stößt ab, sobald uns das Neue nicht mehr genügend fasziniert. Wir sind enttäuscht und hassen einander. Und zum anderen denke ich, dass die Matrix der Anziehung zwischen Mann und Frau, Hass oder - besser gesagt - Unverständnis und Intoleranz ist. Wir nennen manchmal Liebe, was kritisch gesehen Selbsthass ist. Deswegen kann ich sagen: er hat Dich geliebt und sich gehasst und umgekehrt. Es ist ein Spiel zwischen beidem.“

„So habe ich die Liebe noch nie betrachtet.“

„Ich sehe es auch erst seit kurzem so klar. Im Grunde glaube ich, dass es nichts Mystisches auf der Welt gibt. Selbst unsere Handlungen lassen sich erklären, denn wir sind nie frei, sondern sind Zeichen unserer gesellschaftlichen Moral und Struktur.

Innerhalb dieses Kontextes haben wir Spielraum - oder nennen wir es: eine Handvoll Möglichkeiten, die, wenn wir noch genauer hinsehen, auch nur über Fesseln trügen. Du verziehst das Gesicht, aber glaub mir, dies ist eines der wichtigsten Gefüge, die uns sozialisieren und zivilisieren."

„Wie Du meinst. Aber sag Anja, könnte ich Dir helfen?"

„Ja, etwas. Glaubst Du, Sean könnte jemanden umbringen?

„Was?" Sabine lachte auf, als ob die Frage absurd wäre, sagte aber fest und deutlich: „Nein.", um jeden Zweifel an ihrer Aussage zu vernichten. Anja bemerkte natürlich die ängstliche Härte, doch ging sie nicht weiter darauf ein, beendigte einige Minuten später gar das Gespräch und lief nach Hause. Nein, sie nahm sich vor, in ihre Wohnung zu laufen, aber um so mehr sie sich auf der Danziger der Winsstraße näherte, wurde es immer selbstverständlicher, dass sie bei Torsten vorbeischauen würde. Was kann ich noch tun, wie finde ich meine Ruhe?, fragte sie sich die ganze Zeit.

Sean Paul hieß der Schlüssel, der verloren ging. Das war so klar wie Torstens Wärme zu ihr. Torsten hatte mit ihr nichts vor. Er wollte kein Möbel aus ihr machen und sie nicht als Ruhekissen benutzen. Er war wahr und lebte sein hilfloses Leben, mit seinem Körper, der, genau wie ihrer, nach einem Angekommen schrie. Konsequent spielerisch und naiv erotisch fasste sie ihm in den Schritt, während ihre andere sein Handgelenk packte und seine

Hand an ihre Möse führte. Sie brauchte ihn und es dauerte nicht lang, bis er sie auch brauchte. Sie fickten sich jeglichen Schweiß aus ihren Körpern, ohne Scham und Wort, ohne Hass und Angst, sondern wie Tiere, ehrlich und klar.

„Irgendwie muss ich ja leben," sagte Anja zu Torsten. „Aber mit Respekt vor uns," erwiderte er und lächelte dabei.

„Versprochen. Und jetzt gehe ich."